D0868022

Les Éditions du Boréal
4447, rue Saint-Denis
Montréal (Québec) H2J 2L2
www.editionsboreal.qc.ca

COMBIEN DE TEMPS ENCORE?

DU MÊME AUTEUR
AUX ÉDITIONS DU BORÉAL

ROMANS

À voix basse
Les Choses d'un jour
Courir à sa perte
De l'autre côté du pont
Doux dément
La Fleur aux dents
La Fuite immobile
Lorsque le cœur est sombre
Les Maladresses du cœur
Nous étions jeunes encore
Parlons de moi
Les Pins parasols
Les Rives prochaines
Le Tendre Matin
Une suprême discrétion
Un homme plein d'enfance
La Vie à trois
Le Voyageur distrait

NOUVELLES

Comme une panthère noire
De si douces dérives
Enfances lointaines
L'Obsédante Obèse et autres agressions
L'Ombre légère
Stupeurs et autres écrits
Tu ne me dis jamais que je suis belle
Un promeneur en novembre

RÉCITS

Qui de nous deux ?
Un après-midi de septembre

CHRONIQUES

Chroniques matinales
Dernières chroniques matinales
Nouvelles chroniques matinales
Les Plaisirs de la mélancolie
Le Regard oblique

Gilles Archambault

COMBIEN DE TEMPS ENCORE?

nouvelles

Boréal

Dépôt légal : 1er trimestre 2017
Bibliothèque et Archives nationales du Québec

Diffusion au Canada : Dimedia
Diffusion et distribution en Europe : Volumen

Catalogage avant publication de Bibliothèque et Archives nationales du Québec et de Bibliothèque et Archives Canada

Archambault, Gilles, 1933-

Combien de temps encore ?

ISBN 978-2-7646-2450-0

I. Titre.

PS8501.R35C65 2017 C843'.54 C2016-942188-0

PS9501.R35C65 2017

ISBN PAPIER 978-2-7646-2450-0

ISBN PDF 978-2-7646-3450-9

ISBN EPUB 978-2-7646-4450-8

Il ne faut pas confondre l'appétit de vivre avec l'approbation de la vie.

Elias Canetti, *Le Cœur secret de l'horloge*

Deux petits lacs

C'est à grand-peine que je réussis à dégager mon auto du tas de neige qui s'est accumulé devant mon immeuble. Je n'ose pas trop insister. Mon auto, je l'ai achetée d'occasion il y a bien dix ans. Comme si ce n'était pas suffisant, je l'ai négligée comme je néglige à peu près tout. Je ne lui demande qu'un peu de cette force qui me fait défaut. Mais enfin, ce matin, elle roule. La chaussée est glissante. Mes freins ne fonctionnent plus très bien depuis quelques mois. Je conduis très prudemment. Bien sûr, on me lance parfois des regards haineux, on klaxonne. Je fais comme si j'étais seul sur le boulevard. Comment puis-je tenir compte de ces impatients alors que depuis une semaine je suis tout occupé de Vanessa?

Si je vous parlais de cette femme que je n'ai jamais cessé de tenir pour la femme de ma vie, vous me conseilleriez de lui téléphoner, de lui envoyer un courriel ou de dresser une tente devant sa maison, mais les choses ne sont pas si simples. Pour commencer, il me serait impossible de squatter son territoire. Elle habite à Westmount une sorte de donjon. N'y manquerait qu'un pont-levis. Plus encore, je n'ai rien de cette audace qui me pousserait à dire à Vanessa qu'elle représente tout pour moi. Justement, représente-t-elle tout pour moi ? Ce matin sombre de février, certes oui. En sera-t-il de même ce soir ? Je ne saurais l'affirmer. Presque trois ans depuis que j'ai rompu les amarres. Pourquoi suis-je parti ? Au fond, je l'ignore. D'après Emmanuelle, sa fille, Vanessa a mis plusieurs mois à s'en remettre. Comment espérer qu'une femme si belle, dont la vie professionnelle est pleinement réussie, pourrait accepter de renouer avec un être dans mon genre, sorte de traîne-savates vaguement intellectuel ? Aucun doute, en la quittant, j'ai obéi à cette volonté d'autodestruction qui, depuis l'adolescence, me visite à intervalles de plus en plus rapprochés. Quand la vie ne me menace qu'à peine, je m'invente des obstacles. Je ne vois à peu près jamais les occasions de bonheur qui se présentent. Il peut m'arriver en revanche de faire un sort à des futilités. Par exemple, l'été dernier, une vieille dame m'aborde. Je m'attends à ce qu'elle me réclame une pièce.

Elle me demande plutôt si je connais J.-B. Pontalis. Avant que j'aie eu le temps de répondre, elle me tend *L'Amour des commencements*. Quinze minutes plus tard, au parc La Fontaine, je tombe sur une phrase qui depuis n'a pas cessé de me hanter. Je vous la cite, pas très sûr qu'elle aura sur vous le même effet : « Entre les longues mèches brunes, j'apercevrai les deux petits lacs de ses yeux clairs. » Depuis ce jour de juillet, et un peu à cause de ces trois mots, je pense sans cesse à Vanessa. Pourquoi donc ai-je cru pendant quelques mois que je pouvais me passer des deux petits lacs que m'offrait son regard ?

Par chance, il y a une place qui se libère à quelques mètres du cabinet de dentiste où j'ai rendez-vous. Se souviendra-t-il de moi, celui-là ? Il y a bien sept ans que je n'ai pas mis les pieds dans sa clinique. Peut-être a-t-il cru que je vivais ailleurs ou que j'étais mort, allez savoir. Il faut vraiment que la douleur soit lancinante pour que je recoure à ses services. Tentera-t-il encore de me proposer des implants ? Comment pourrais-je les payer ? Mes revenus ont fondu. Il est loin le temps où je pouvais vendre des articles sur à peu près tout. Le marché est devenu capricieux, je ne m'intéresse plus à ce qui passionne mes contemporains, je suis paresseux, tout le contraire de Vanessa, si studieuse. D'après Emmanuelle, elle vit seule. J'ai dû la dégoûter de la vie à deux.

Je ne reconnais pas l'escalier qui mène à l'étage. Tout a été refait. Cet effort pour mettre le décor au goût du jour – stuc, contreplaqué – me déplaît. Si je n'avais pas si mal aux dents, je rebrousserais chemin. Il y a une dizaine de patients dans la salle d'attente. J'ai bien fait d'apporter un livre. Encore que je ne sois pas sûr d'avoir le goût de lire Huysmans aujourd'hui. J'ai dû acheter *À rebours* il y a une trentaine d'années. En poche, papier jauni, couverture décousue. Ce livre, c'est un peu moi. Je fais plus vieux que mon âge. Vanessa m'a souvent dit que je devrais surveiller ma démarche, hâter le pas, éviter de courber l'échine, m'habiller avec un peu plus de recherche. À l'évidence, je me clochardise de plus en plus.

Je me suis assis tout à côté d'une jeune femme, m'emparant de la seule chaise libre. Je me rends compte qu'elle ne m'est pas inconnue, mais n'en suis pas sûr. Pour ne pas me couvrir de ridicule, je n'ose pas engager la conversation. Je suis à peu près convaincu qu'il s'agit d'une amie d'Emmanuelle. Comment s'appelle-t-elle ? Sandrine ? Ségolène ? Ingrid ? Je ne sais plus. Elle venait à la maison pour ses travaux de maths. De ça, je ne doute pas. Elle se penche vers moi.

— Vous me reconnaissez? Marie, l'amie d'Emmanuelle. Il vous plaît, ce roman? C'est plutôt rare de rencontrer quelqu'un qui a ce genre de lectures. Moi, je n'ai aucun mérite : Huysmans, je l'ai étudié à l'université. Un peu lourd, comme style, non?

Je n'ai pas du tout envie de contester. Je lis de moins en moins depuis quelques années. Il y a bien Pontalis et ses deux petits lacs, mais à part ça, pas grand-chose, un policier, un livre d'histoire, que je ne termine pas la plupart du temps.

— Emmanuelle, je ne l'ai pas vue depuis trois ans, peut-être quatre. La dernière fois, elle parlait de s'engager dans l'humanitaire. Comment est-elle?

Je dis que nous sommes séparés, sa mère et moi, qu'Emmanuelle ne veut plus me voir depuis six mois. Ces derniers temps, je suis devenu bavard, je ne cherche pas à me dissimuler.

— On s'entendait bien, toutes les deux. Elle était plus brillante que moi au cégep. Je l'enviais, je la trouvais si belle en plus. L'Afrique la fascinait, le Mali surtout. Moi, c'était l'Amérique du Sud. Vous êtes toujours journaliste?

Une petite blonde qui doit être l'hygiéniste prononce un nom que je n'entends pas bien. Mon interlocutrice se lève, me sourit. J'ouvre mon livre, de plus en plus persuadé que je ne le lirai pas. Je pense à Emmanuelle, à Vanessa. Quel fou j'ai été de partir pour un long séjour en Bretagne. Sur un coup de tête, sans donner d'explications. Vanessa n'a pas tenté de me retenir. Je la comprends. Criminaliste bien en vue, elle n'accepte que les causes qui lui conviennent. Le succès ne lui est pas monté à la tête. Les quelques fois après la rupture où, poussés par des raisons d'affaires, nous avons dû nous rencontrer, elle a été parfaite, me traitant comme si j'avais été son frère cadet. Elle ne m'a jamais adressé le moindre reproche. Certains jours, j'ai même pu croire qu'elle m'enviait ce qu'elle appelait mon esprit de bohème, mon détachement.

On dirait que je ne ressens plus aucune douleur à la gencive. L'idée me vient de quitter la clinique. Après tout, ce ne serait qu'un autre coup de tête. Je les ai accumulés au cours de ma vie. La décision de fuir à Rennes par exemple. J'estimais que Vanessa pouvait aisément se passer de moi. J'avais raison. Mais en était-il de même pour moi ? Au bout de deux mois, j'ai su que non. Quant aux salles d'attente, ce ne serait pas la première fois que je partirais sans me soumettre à un examen ou à une consultation. Je trouverai bien une explication à fournir à la préposée à l'accueil, un rendez-vous oublié, une urgence, n'importe quoi, mais partir.

Un homme sur un banc

Aujourd'hui encore, l'homme a passé l'après-midi assis sur le banc de l'allée qui mène à la bibliothèque. De temps à autre, il se lève, fait quelques pas, mais revient à son poste. Il semble craindre que quelqu'un d'autre ne prenne sa place. Même en pleine canicule, il ne tombe pas la veste. Son costume devait avoir une certaine tenue, il y a trois ou quatre ans. C'est du moins ce que se dit Louise qui, de sa fenêtre, ne perd aucun de ses gestes.

L'autre jour, en revenant de son marché, elle lui a souri. Sa tentative de rapprochement a échoué. L'homme a détourné le regard. Elle aurait pourtant voulu l'aider. Pourquoi croit-elle que cet inconnu qui s'est installé non loin de chez elle, il y a bien deux semaines, a besoin d'elle, si ce n'est que l'habite un irrépressible désir de rendre service ? Hier, une pluie fine s'est mise à tomber. L'homme n'a pas bronché. Il a fallu que l'ondée persiste pour qu'il tire de son cabas un petit parapluie dont les baleines déglinguées étaient à nu. Pour la première fois, Louise l'a vu sourire. Comme s'il trouvait amusant de constater qu'il n'était qu'à demi protégé. Il s'est ensuite levé. Peut-être estimait-il que la situation devenait ridicule ? Louise a eu l'idée de lui donner un vieil imperméable qu'elle ne portait plus depuis longtemps. Elle allait passer à l'acte lorsque la pluie a cessé.

Louise a dû s'absenter. Sa mère s'est foulé une cheville et ne parvient pas à monter seule à l'étage où se trouve son lit. Il faut donc réaménager les lieux. Croyant revenir chez elle au bout de deux ou trois jours, Louise n'a apporté qu'une petite valise. Elle ne pouvait prévoir que la vieille, diabétique, aurait un malaise cardiaque et qu'elle mourrait presque sur le coup.

Se retrouvant brusquement orpheline, Louise s'est consolée à la pensée que sa mère n'avait jamais tellement aimé la vie. La mort avait dû lui paraître souhaitable. Chose certaine, la douleur de Louise a vite fait place à un sentiment de libération qu'elle n'avait pas connu depuis longtemps.

Pendant son absence, elle n'a même pas pensé une seule fois à l'homme du banc. Trop de choses à régler : les obsèques religieuses, la visite chez le notaire, le contrat à signer avec l'agent immobilier, les dispositions à prendre pour vider la maison. Non, elle ne voulait rien garder des vieilleries que sa mère avait accumulées avec obstination ces dernières années, comme si elle avait voulu compliquer à dessein la vie de sa fille.

À près de cinquante ans, Louise ne savait à peu près rien de l'amour. Elle avait eu deux ou trois amoureux, mais ils s'étaient rapidement lassés d'elle. Sauf un, Robert, comme elle affecté au service des soins palliatifs de l'hôpital Notre-Dame, qui avait pourtant fini par lui avouer qu'il préférait les garçons. Depuis quelques années, elle s'était résignée à mourir célibataire, sans en ressentir trop de regret.

À son retour, à peine a-t-elle refermé la porte de son appartement qu'elle s'est dirigée vers la fenêtre. L'homme était-il toujours sur son banc ? La journée était magnifique, le soleil éclatant, l'été agonisait doucement. Il était toujours là. Tout juste lui a-t-il semblé que ses traits étaient plus marqués. Selon toute vraisemblance, il ne s'était pas rasé depuis quelques jours. Sa veste était trouée. Peut-être avait-elle mal regardé les fois précédentes ? Il n'était pas possible que son état se soit dégradé en un si court laps de temps.

Peut-être s'était-il battu ? Sait-on jamais. Trois semaines, c'est peu, pensa-t-elle, à peine assez pour qu'elle se débarrasse de son bourreau. Oui, sans aucun doute, sa mère avait été un bourreau, ignoble souvent. Tant d'années perdues à tenter de se faire accepter par une personne que rien n'émouvait. Elle le savait, des gens souffraient tout autour d'elle, des gens qui ne cherchaient qu'un peu de chaleur. L'homme sur le banc, elle irait lui parler. Peut-être n'attendait-il qu'elle ? Parvenus à un profond état de désarroi, avait-elle lu dans une revue de psychanalyse, les êtres humains se contentent de miettes. Un peu comme moi, se dit-elle, je me satisferais aujourd'hui d'un mot ou deux, d'un seul petit sourire.

Elle sort de son immeuble, se dirige d'un pas décidé vers l'homme. Elle saura bien engager la conversation. On n'est pas infirmière pendant plus de trente ans sans avoir un peu d'entregent. Elle lui demandera de quoi il a besoin. Aurait-il l'usage de quelques dollars ? La vieille lui a légué un petit magot dont Louise ne sait trop que faire. Si elle s'aperçoit que l'alcool est en cause, elle lui tendra quand même des billets. Elle fait maintenant face à l'homme. Une forte odeur d'urine est perceptible. Elle cherche les mots qui lui serviraient d'amorce. Le vieillard la regarde, nettement courroucé. Il est évident qu'il la considère comme une menace. L'homme est plus ravagé qu'elle le croyait. Il est furieux tout à coup. Il crie que les femmes sont toutes des tortionnaires, surtout celles qui croient vous avoir par la gentillesse. Qu'on le laisse à son banc, puisqu'on lui a refusé tout le reste. Louise a trouvé un nouveau bourreau.

On promène les enfants

Il y a dans la vie des situations qui vous paralysent. Ainsi, pour moi, la vue d'enfants en groupe. Je finis toujours par apercevoir un petit garçon qui a l'air terrorisé. L'est-il vraiment ? Je ne le saurai jamais. Pas question de m'adresser à lui. Pour qui me prendrait-on ? Un sadique, un prédateur ? Je suis vieux maintenant, assez vieux pour savoir que les gens qui nous entourent ne comprennent rien à rien. Pourquoi serais-je, moi, l'exception ?

Ce qui ne m'empêche pas de suivre d'un œil inquiet, et non moins intéressé, la douzaine de marmots que deux gardiennes tiennent en laisse dans les rues de mon quartier, vers onze heures. Un peu à la façon de la promeneuse de chiens, une demi-heure plus tard. Chaque fois, j'ai la même réaction, je souhaite avec le plus d'ardeur possible que les plus vraisemblablement joyeux de ces bambins ne perdent jamais une once de leur gaieté. Il y a les autres dont je parlais d'entrée. En général, un ou deux, garçon ou fille, dans leurs yeux, leurs gestes, je crois voir une tristesse qui ne les quittera pas tout au long de leur vie. Ils auront beau s'agiter, danser, pousser les hauts cris, ils ne tarderont pas à apprendre que tout cela n'est que vaine parade.

Ce matin, j'ai tenté d'éviter le passage des enfants. Non que je puisse douter un seul instant que les deux jeunes adolescentes qui les entraînent dans ma rue soient compétentes et qu'elles veillent à ce qu'aucun des enfants ne paraisse souffrir. Même parfaitement conscientes de leur rôle d'éducatrices, elles ignorent que le blondinet en queue de peloton me fait penser chaque fois à l'enfant que j'ai été. Je préférerais l'oublier, celui-là.

Heureux nous vivrons

Élève studieux, promu d'office à toutes les distinctions de fin d'année, j'ai toujours tout fait pour que ceux qui portaient le bonnet d'âne, et qui m'en imposaient par leur force physique ou leur habileté dans les sports, ne me répudient pas. Je ressentais un étrange besoin de ne pas trop me distinguer à leurs yeux. Pour être accepté, je disais parfois des vulgarités, je me joignais à des mouvements de groupe qui me paraissaient nettement médiocres.

Un peu plus tard, dans la vingtaine, je n'ai pas agi autrement. Je me souviens d'avoir éprouvé une fascination pour un quadragénaire alcoolique dont on disait qu'il avait mauvais genre. Était-il homosexuel, comme il le prétendait ? Probablement. Je n'en avais cure. Seule m'intéressait la connaissance qu'il semblait avoir de la vie. Je souhaitais écrire, le monde des écrivains me fascinait, mais je me rendais compte de plus en plus de mon inexpérience, de ma naïveté. Roland me semblait un personnage dont je pourrais m'inspirer pour écrire un roman. Élevé dans ce quartier interlope de Montréal que les Américains avaient baptisé le « Red Light », il avait très tôt frayé avec les prostituées et la petite pègre, qui constituaient la clientèle de sa mère, logeuse. Quand il avait bu, ce qu'il faisait tous les week-ends, Roland me racontait alors anecdote sur anecdote. Je m'imaginais un peu sottement que son exemple me servirait pour les livres que je ne tarderais pas à écrire. De la vie, je ne connaissais rien. Il m'arrivait d'aller dans le quartier que Roland me décrivait. Bien sagement, je me contentais de boire une bière dans l'une des boîtes du secteur. Deux fois je m'étais aventuré dans un hôtel de passe, rue Ontario. Sans trop de succès, du reste. S'apercevant de mon jeune âge, de mon ingénuité, les filles m'avaient délesté de quelques dollars et m'avaient donné congé. L'idée même de la prostitution me répugnait, mais je croyais vaguement qu'elle était un passage presque obligé vers ce que j'imaginais être la vie.

Le travail que j'avais dégoté consistait, pendant la nuit du samedi au dimanche, à nettoyer et à remplir les étagères d'une épicerie de quartier, comme il en existait à l'époque. On m'avait confié les clés du magasin. Je pouvais donc m'y rendre à ma convenance. Seul importait que les tablettes fussent raisonnablement fournies. Sachant que Roland arriverait vers deux heures du matin, parfois caracolant, je me hâtais d'accomplir ma besogne. J'ai omis de dire que Roland était le frère du patron et que depuis peu il effectuait certaines tâches à l'épicerie. Était-ce par pur intérêt que je l'écoutais ? Je ne crois pas. En un sens, il me fascinait. J'oubliais parfois les livres que j'écrirais peut-être, je redevenais le premier de classe qui souhaitait s'encanailler. Je suis à peu près sûr que Roland avait besoin d'un auditeur et qu'il n'aurait pas bronché si j'avais sorti un carnet de notes ou une enregistreuse. Le monde qu'il me décrivait ne m'a jamais inspiré, trop étranger à ce que j'ai cru être ma sensibilité. L'évocation de destinées humaines si éloignées de ce que la vie m'offrait m'aura distrait. Au fond, je suis demeuré un élève docile.

Quand il décapsulait une bouteille de bière, il entonnait souvent les premières paroles d'une chanson bébête que j'ai toujours en mémoire.

> Demain, oui, demain, nous nous marierons
> Tu seras ma p'tite femme, heureux nous
> vivrons

Il m'arrive de la fredonner près de soixante ans après. J'ai été marié, ma femme n'est plus. Je l'ai toujours tenue pour la compagne providentielle, celle qui m'a tout apporté. Comment expliquer que, certains jours, croyant entendre la voix de basse de Roland, je me sente si triste ? Ma mélancolie innée doit en être l'explication. Je ne peux me cacher que je ressens un malaise quand je songe au jeune homme que j'ai été. Ne l'ai-je pas plus ou moins trahi ? Croyant tirer de la vie des autres les avantages d'une expérience à moi inconnue, je trichais. Comme je trichais quand, à seize ans, je cherchais l'amitié de voyous. Des livres, j'en ai écrit. Qu'ils me survivent me paraît improbable. De le croire ne me chagrine pas outre mesure. « Heureux nous vivrons », chantait Roland. Ma femme a-t-elle connu un peu de bonheur avec moi ? Je ne peux que le souhaiter.

Amphitryon

Rien ne me disposait à devenir amphitryon. Si j'analyse mon passé avec un tant soit peu d'attention, il est clair que j'ai été un fieffé égoïste. Pour que je me transforme, il a fallu qu'un après-midi de fin novembre dernier je rencontre Julien. Je me suis alors découvert d'étonnantes dispositions pour l'altruisme. Julien est mon frère aîné. Il est écrivain et a toujours estimé qu'il m'était supérieur.

J'habite une très grande maison face à la rivière des Prairies. L'été, par beau temps, affalé dans un transat, je peux même m'imaginer être dans le jardin d'une villa quelque part à Vallauris ou à Beaulieu-sur-Mer. Comment suis-je parvenu à cette aisance matérielle, moi qui ai passé une grande partie de ma vie à végéter, allant d'un *job* précaire à un autre, me logeant dans des appartements à peine décents ? Un coup de chance.

Je le répète, je suis foncièrement narcissique.

Des autres, je n'ai jamais tellement eu le souci. Si j'avais accepté d'être bénévole pour une association vouée à la défense des démunis, c'était pour plaire à Martine, fille au grand cœur dont la présence m'était agréable. Un jour, j'ai eu à m'entretenir avec une octogénaire qui s'était mis en tête de léguer sa fortune à des organismes de charité.

Au premier abord, elle m'avait paru très rébarbative. Je portais une veste élimée aux coudes, je sortais du lit. Pourquoi avait-elle insisté pour que notre rendez-vous ait lieu aux aurores ? Aucun doute, elle voulait me rappeler que son standing social reposait sur des bases solides. Je me présente donc à huit heures du matin chez elle, à Westmount. Je ne m'y connais guère en la matière, mais il me semble alors que son petit château doit bien valoir six ou sept millions. Il est donc normal qu'elle me tienne la dragée haute. D'autant que je suis un homme hésitant et que l'organisme que je représente n'est pas très connu. J'avais dû insister pour obtenir le rendez-vous, elle n'avait consenti à m'accorder que quelques minutes de son temps.

De toute évidence, cette dame ne me blaire pas. Pour compliquer les choses, je peine ce matin-là à trouver les mots justes en anglais. Elle passe aisément au français, comme pour me prouver sa supériorité. Tout à coup, je note que son regard s'adoucit. Elle me demande si, comme elle, j'aime les chats. J'ai passé la nuit chez une copine et je ne me suis pas aperçu que son matou a laissé des poils sur mon pantalon et sur ma veste. Je bafouille. On ne me croit pas lorsque j'affirme que, sans le chat de Martine, j'habiterais toujours un appartement minable dans le Mile End. Ma vie allait changer. La vieille, que je ne tarderais pas à appeler Mary, était foncièrement une originale. Drôle, imprévisible, elle ne m'a jamais ennuyé. Nous nous sommes vus pendant deux ans, au moins toutes les semaines. Quand sont venus les premiers signes du cancer qui allait l'emporter, il ne se passait pas un jour sans que je m'enquière de sa santé. J'étais loin de me douter qu'elle me céderait par testament une des quinze maisons qu'elle possédait. Une sorte de petit domaine que son père, juge, avait acheté au temps où Cartierville avait encore des airs de village. À vrai dire, je n'y ai emménagé qu'à reculons. Mary avait oublié que, pour rendre cette maison vraiment habitable, il faudrait y effectuer des travaux d'envergure, que je suis bien incapable d'assumer. La vendre en l'état, j'y ai songé. Les deux courtiers que j'ai sollicités sont d'avis que, compte tenu de la faiblesse du marché, il vaut mieux attendre. Pourrai-je le faire longtemps ? Certains jours, je me demande si je ne me dirige pas vers le plus total des désastres. La rente que me verse l'État est plus que mince. Elle me suffirait si j'habitais toujours rue Henri-Julien, mais j'ai accédé bien malgré moi à un autre statut social. J'aurai soixante ans le mois prochain, je rêve ma vie, je ne regrette pas mon enfance, ne songe pas tellement à l'avenir. J'en suis venu à détester cette trop grande maison, douze pièces, trois salles de bain, terrasse couverte, fumoir, bibliothèque aux armoires vitrées, vaste salle de réception.

Il est peut-être temps que je parle de Julien. Plus âgé que moi de trois ans, il écrit. On mentionne parfois son nom quand il s'agit d'évoquer l'influence des écrivains américains sur la littérature québécoise. Comme moi, il a très tôt quitté le milieu familial. Pas plus notre mère que son mari n'étaient doués pour l'abnégation. Nous les embêtions. Surtout moi. Je suis arrivé dans leur vie à un moment où ils ne croyaient plus possible que ma mère tombe enceinte. Elle n'avait qu'à se faire avorter, disait Mary, qui préférait les chats et les chiens aux marmots. J'ai pleuré sans arrêt de la naissance à cinq ans. Du moins, c'est ce que prétendait ma mère dès qu'elle avait pris un verre. Selon Mary, je devais pourtant être un enfant docile.

Je n'ai jamais compris que Julien publie un roman larmoyant sur la grandeur de la famille. Son plus grand succès. À vrai dire, le seul. Il n'en parle jamais, lui si preste à prétendre à une sorte d'éternelle jeunesse. Ce n'est que normal, je le sais, on n'est vieux que pour les autres. Mon frère, au fond, je le connais à peine. Quand il est parti pour la Californie, j'avais seize ans. Je me souviens d'avoir dit à maman que je l'imiterais très bientôt. Elle m'a dit que je n'étais qu'un fils ingrat, que de toute manière je ne méritais pas qu'on m'aime. Je n'arrivais pas, disait-elle, à la cheville de mon frère. Elle n'avait pas tort.

Pendant une vingtaine d'années, Julien a semblé mener grand train. Maman ne jurait que par lui. Elle acceptait même qu'il ne lui rende pas visite quand, au faîte de sa presque renommée, il passait par Montréal. D'avoir de ses nouvelles par les journaux et la télévision lui suffisait. Tous les quatre ans, un roman de Julien paraissait. Il donnait quelques interviews, parfois des entretiens, puis retournait en Californie. On montait en épingle ses talents de pianiste de jazz alors qu'il savait à peine pianoter. Est-ce vrai qu'un soir au Keystone Korner de San Francisco il avait accompagné Dexter Gordon ? Un autre de ses petits mensonges, assurément.

Quand Julien est revenu à Montréal, il y a six mois, il n'avait plus le sou. Un divorce onéreux l'avait lessivé. Pour ne rien arranger, ses revenus se faisaient de plus en plus rares. Beaucoup moins de collaborations à des équipes de scénarisation, plus de petits rôles dans des séries télé. Aussi bien rentrer au pays.

Julien n'a jamais été porté à la reconnaissance. À peine m'a-t-il remercié du bout des lèvres quand je lui ai offert de venir chez moi. Nous étions dans une brasserie fort achalandée de Saint-Laurent. Julien m'avait ému en me contant ses déboires. Il n'avait plus rien de la morgue que je lui connaissais. Méfiant au début, je lui avais parlé de Mary. Quand il m'avait dit qu'il ne savait pas où il se logerait à la fin du mois, je lui avais fait mon invitation. Après tout, il était mon frère. Je ne pouvais l'abandonner. De toute manière, n'attendait-il pas des réponses à propos de trois ou quatre projets de télévision, dont au moins un finirait par aboutir ?

Julien n'a pas tardé à redire à tout ou presque. La maison, pour commencer. Selon lui, elle est mal construite, mal orientée, trop grande, située trop loin du centre-ville. Je pourrais lui répliquer que j'attends toujours le premier versement de la quote-part dont nous sommes convenus. Si je ne l'ai pas fait, c'est que malgré tout Julien m'en impose. Je serais l'idiot de la famille qui n'aurait pas écrit *Madame Bovary*. Aussi bien l'avouer, je craindrais, si je haussais la voix, qu'il ne claque la porte. Alors que, vieillissant, il est devenu de plus en plus soupe au lait, les années m'ont attendri.

Ce matin, pour Julien, une autre gifle. La maison d'édition qui le publie depuis vingt ans vient de lui refuser un manuscrit. Une première pour lui. Il m'explique que son éditeur est décédé il y a six mois. De jeunes loups, du moins c'est ainsi que Julien les nomme, ont racheté l'affaire, bien décidés à tout chambouler. Mon frère en profite pour se déchaîner contre ce qu'il appelle le règne des barbares. S'il se contentait de les dénoncer, ceux-là, je comprendrais. Il ne mérite pas cette attitude méprisante. D'ailleurs, son roman n'est pas si mal. Un peu daté peut-être, mais je l'ai lu d'une traite. Qu'il s'en prenne au comité de lecture, je veux bien, mais à moi, son bienfaiteur !

— Ta bicoque, tu la mets en vente, oui ou non ? me demande-t-il en repoussant son bol de céréales.

Pas encore rasé, les traits tirés, il n'a vraiment rien du *French lover* qu'il jouait, vers 1990, dans un épisode d'une sitcom américaine à petit budget. Depuis, il a épaissi, il a rarement recours à ce sourire qui, à l'entendre, faisait se pâmer d'aise les banlieusardes du Middle West. À Martine, qui l'a rencontré la semaine dernière, il rappelle ce type de danseurs mondains sur le retour que l'on voyait dans les mélos en noir et blanc des années 1930.

— Ta bicoque, tu la vends ? Réponds-moi.

Mais de quoi se mêle-t-il ? Pas ma faute si les éditeurs ne veulent plus de ses histoires. Qu'il retourne en Californie ! Plus raisonnablement, je répète ce que je lui ai dit une bonne dizaine de fois :

— Pas le moment.

— Un beau jour, il faudra que tu te décides. À San Francisco, tu tirerais une quinzaine de millions de ta cambuse. Ici, dans ce coin pourri, je ne sais pas, évidemment. Elle avait quel âge quand elle est morte, ta vieille cinglée ? Voulait-elle que tu lui fasses l'amour ? En ressentais-tu le désir ? Mon petit frère, tu es pour moi une énigme. As-tu déjà vraiment désiré une femme dans ta vie ?

Je ne réponds pas. À quoi me servirait de lui dire qu'il a raison, que je n'ai jamais été qu'un piètre amant, que Martine en conviendrait aisément, que l'amitié de Mary me seyait comme un gant ? Mon frère, je veux le ménager. Depuis son retour, rien ne se passe comme prévu. Ce matin, le manuscrit refusé, sa dernière bouée. Aucun des projets de télévision ou des scénarios de cinéma n'est retenu. Quand on se donne la peine de justifier le refus, on évoque sans ménagement des goûts changeants, de nouvelles tendances.

— On me montre la sortie. Je voudrais bien lutter, mais comment ?

Je pourrais me taire, mais je lui propose plutôt de soumettre son manuscrit à une autre maison d'édition. Il n'a jamais été tenté d'écrire sur notre enfance, à Côte-Saint-Paul ? Nous sommes nés dans une famille de tarés, mais nous pouvions croire qu'avec un peu de chance les choses évolueraient en notre faveur. Nous étions jeunes après tout, l'inconnu que nous avions à affronter ne pouvait pas être si terrible. Il me regarde comme si j'étais un demeuré. Peut-être va-t-il m'agonir d'injures. Je ne songerais même pas à m'en étonner. La maison, je la mets en vente demain. Je la braderai s'il le faut. Dans quel quartier souhaiterait-il vivre ?

Avenue du Mont-Royal

Il s'en est fallu de peu que Vincent ne devienne membre d'une secte. À une autre époque, il aurait probablement envisagé d'entrer dans les ordres. S'il n'a pas cédé à son penchant pour l'abnégation, c'est tout bonnement que la santé de sa mère l'a obligé à rentrer à la maison le plus tôt possible après son travail. Tout cela est bien loin. Vincent n'a plus à s'occuper de sa mère, décédée il y a une dizaine d'années. Il a vécu quelques mois avec une femme qui, estimant qu'elle s'ennuyait ferme en sa compagnie, l'a quitté, le délestant des quelques billets de banque qu'il dissimulait sous une pile de chemises. Le départ de Réjane ne l'aurait pas autant attristé s'il n'avait eu l'impression d'avoir été violé. Les chemises ont toujours représenté à ses yeux l'ordre, la respectabilité. Est-ce pour cela qu'il en change deux fois par jour, hiver comme été ? La pause du déjeuner marque pour lui le moment d'enfiler sa seconde chemise.

Aurait-il agi autrement s'il avait travaillé dans un ministère, entouré de collègues portés à la moquerie ? Probablement. Mais il est commis dans une blanchisserie et passe ses journées dans une toute petite succursale d'une multinationale dont tout le monde s'étonne qu'elle fonctionne encore. Le salaire est à peine raisonnable, mais où Vincent trouverait-il un milieu de travail mieux adapté à sa nature ?

Vivant seul depuis des années, il va tous les vendredis soir prendre un verre dans un café de l'avenue du Mont-Royal, le même depuis six mois déjà. Un seul, qu'il sirote lentement. Il arrive que la serveuse entame la conversation avec lui. Vincent est d'une politesse exagérée, il n'incommode personne, ses pourboires sont généreux. Ce soir, le café est presque vide. Aussi trouve-t-il normal que Diane s'attarde un peu avec lui. Il n'a jamais remarqué qu'elle avait un peu le corps de Réjane, que sa voix ressemblait aussi un peu à celle de la seule femme que, de toute sa vie, il a approchée.

— Je déteste la pluie, dit-elle en s'asseyant en face de lui. Pas vous ?

Il répond qu'effectivement il préfère le beau temps. Jugeant que sa réplique est banale, il ajoute qu'à Fort Lauderdale il a fait trente degrés et que le soleil est de plomb.

— Vous avez des amis qui sont en vacances là-bas ?

Pourquoi se croit-il obligé de dire que tous les matins il vérifie sur Internet les conditions atmosphériques des grandes capitales ?

Probablement parce qu'il s'est toujours senti tenu de se justifier. Réjane lui en faisait d'ailleurs le reproche.

— Pas vrai ? Vous êtes comme moi, alors ? Je suis fascinée par les voyages. Je peux bien vous l'avouer, je ne supporte plus mon travail. Les clients ne sont pas tous comme vous, vous savez. Il y en a qui se croient tout permis, qui sont vulgaires. Vous partez tôt. Vous ne savez pas que c'est vers minuit que les choses se gâtent, la plupart du temps.

Il s'est rendu compte qu'elle a effleuré sa main gauche en déposant son verre et il s'est senti tout drôle.

— Aussi bien vous le dire : actuellement, je suis désespérée. Plus malheureuse que je ne l'ai jamais été de toute ma vie. Je me sens ridicule, inutile. Je ne sais pourquoi je vous dis tout ça. Au fond, je le sais. J'ai confiance en vous. Vous êtes doux, vous ne me brusquez jamais.

Vincent s'en voudrait de ne pas protester un peu, même s'il est au septième ciel. La première fois depuis longtemps qu'il a l'impression d'exister. À la boutique, les clients sont la plupart du temps aimables, mais les contacts sont superficiels, rapides. Alors qu'il lui semble qu'avec cette femme il en va autrement. Il ne s'est jamais adressé à elle en la nommant. Cette fois, il ose.

— Diane, je dirais plutôt que je suis réservé. Trop réservé. Je vis sans vivre. Si vous me connaissiez un peu, vous sauriez que les gens s'ennuient avec moi. Dans une quinzaine de minutes, quand j'aurai vidé mon verre, je rentrerai chez moi, je regarderai un peu la télé, puis je me mettrai au lit. Sans même en être malheureux.

Elle dit qu'elle vivrait bien de cette façon si elle le pouvait. Mais il lui faut travailler passé minuit. Elle a une fille de cinq ans. C'est sa mère qui s'en occupe en soirée. Son travail fini, elle la récupère. Un couple vient d'entrer, une fille, un garçon, même pas vingt ans. Elle les accueille d'un sourire, prend leur commande. Sa tâche accomplie, elle retourne à Vincent.

— Vous devez penser que je suis une drôle de fille, un peu olé olé, comme ça. C'est vrai, je m'amuse parfois avec les clients. Je ne peux pas faire la sainte-nitouche, on ne comprendrait pas qu'une serveuse ne soit pas un peu liante. Et puis, j'aime parler. Surtout avec les hommes.

Enfin, vous comprenez, avec les meilleurs d'entre eux. Votre genre, ça me convient. Je me retiens de vous le dire depuis trop longtemps. Vous me plaisez.

Un autre couple fait son entrée. Deux garçons dont Diane lui dit que l'un est gay et que son compagnon est sûrement une conquête récente. Vincent se demande s'il ne profitera pas de cet intervalle pour mettre les voiles. Diane a renouvelé sa consommation. Quand il s'en aperçoit, il ne songe pas à le déplorer. Rentrer plus tard à l'appartement n'a aucune importance, au fond. Il est un peu son propre patron, après tout. Demain, c'est samedi, très peu de monde avant onze heures. Son travail, il l'accomplirait les yeux fermés. Les tarifs, il les connaît par cœur. Il sait ce qu'il peut se permettre de dire à un client sans risquer de le mécontenter, il connaît les astuces qu'il faut avancer pour faire accepter une teinture pas tout à fait réussie. Et puis quelle importance, Esther n'est-elle pas la plus compétente des occasionnelles que le service du personnel lui ait envoyées depuis dix ans ? Au besoin, elle saura le remplacer.

— Un verre de pinot gris n'a jamais fait de tort à personne, affirme Diane en passant près de lui.

Les deux garçons la taquinent au sujet de la couleur de sa jupe. D'un rouge un peu vif, il est vrai. Vincent ne l'avait pas remarquée. Ils semblent la connaître, la tutoient. Elle les tutoie de même. Aucun doute, elle a l'aisance de l'emploi. Lorsqu'une quinzaine de minutes plus tard elle lui propose de l'attendre à la fin de son service, il ne songe pas à refuser. Ce ne sera pas la pire décision de sa vie. Et puis, il ne conserve plus de billets de banque à son domicile. Le ferait-il que ce ne serait pas sous une pile de chemises.

Ami d'enfance

Enfant, j'étais entouré d'amis. Que sont-ils devenus ? À dire vrai, je n'y pense jamais. Les autres, ceux de ma vingtaine, je les ai semés en cours de route. Ou ils se sont chargés eux-mêmes d'espacer les rendez-vous. L'ont-ils souhaité ou, plus simplement, sont-ils aussi distraits que moi ? Je ne sais pourquoi au juste je revois Maurice. Rien ne nous rapproche. Il n'a jamais aimé lire, le cinéma l'embête, il n'a quitté Montréal que pour de courts séjours en Nouvelle-Angleterre. Le verrais-je encore s'il n'était pas aussi mon médecin ?

Il me paraît un peu bizarre aujourd'hui. Pourquoi, d'abord, m'a-t-il fixé un rendez-vous après les heures d'ouverture de sa clinique ? Veut-il m'annoncer qu'il a rompu avec la rousse pulpeuse qui lui sert de secrétaire depuis deux ans ? Je l'ai quelquefois mis en garde contre les dangers de passions amoureuses non partagées. Il ne m'a jamais paru convaincu. Comment l'aurait-il été ?

Il a des femmes une expérience que je n'ai jamais eue, ni souhaité avoir. Cette Marie-Soleil finira pourtant par lui compliquer la vie. Tant pis pour lui.

— J'ai reçu les résultats du laboratoire. Rien de réellement inquiétant, mais j'aimerais quand même te suggérer une échographie. Ce n'est rien, ça ne te prendra que quelques minutes. Une pure affaire de routine.

Je devrais l'interrompre. Ses hésitations, les précautions qu'il prend pour m'annoncer je ne sais quelle nouvelle alarmante concernant ma santé me laisseraient présager le pire si j'étais d'un naturel inquiet. Comme ce n'est pas le cas, aussi bien lui dire d'aller droit au but. De quelle affreuse maladie suis-je atteint ? Un cancer, une sclérose, la maladie de Parkinson ? C'est ça, Parkinson, ma main qui tremble parfois au lever, mes étourdissements, quoi encore ?

— Nous ne sommes plus très jeunes, mon ami. Il est normal que certains jours tu ressentes une lassitude profonde sans même savoir pourquoi. Le moindre effort te coûte. Moi, c'est pareil. Au bout d'à peine une demi-heure sur le court, je traîne les pieds. Tu te souviens pourtant, il y a seulement trois ans, je pouvais passer des heures à courir, à frapper la balle en plein soleil sans la moindre difficulté. Il faut bien que j'admette que ce n'est plus possible.

Comment peut-il vasouiller ainsi ? Habituellement, la vacuité de ses propos est évidente, mais il est plutôt expéditif. Âpre au gain, il n'a jamais caché s'être dirigé vers la médecine pour des raisons d'ordre strictement financier. Son but : se retirer à soixante ans, sa fortune faite. Quant à moi, j'ai rapidement compris que, l'écoutant, je perdais mon temps. Vivre, c'est ça, perdre son temps, non ? Et je ne m'en faisais pas toute une histoire.

— Mais, Maurice, qu'as-tu à me dire ?

— Tu as toujours été mon ami. Trente ans, un peu plus même. Je ne voudrais pas pour tout l'or du monde…

C'est plus fort que moi, je lui dis de cesser de tourner autour du pot, de m'avouer pourquoi il m'a convoqué, toutes affaires cessantes, alors que par le passé il m'a si souvent fait attendre, qu'il m'a même posé un lapin à deux ou trois occasions. Je l'excusais, me doutant bien qu'un rendez-vous galant l'avait distrait. Maurice plaît aux femmes, il cherche à séduire. Pour y parvenir, il ne recule devant aucune extravagance.

Il me jette un regard inquiet. Je le revois à quinze ans, presque bègue, terrorisé par l'acné, me révélant qu'il a embrassé Nicole, que nous appelions « ma fiancée », en ce temps-là. Je lui ai depuis longtemps pardonné sa petite trahison. Nicole, je l'ai revue, le mois dernier. Une rombière, mot que Maurice ignore, j'en suis sûr, son vocabulaire étant restreint à celui des médicaments qu'il prescrit dans l'exercice de sa profession et aux quelques mots du répertoire amoureux qu'il utilise.

— Sophie et moi, finit-il par dire. Sophie et moi, nous sommes très embêtés…

Je ne le laisse pas continuer. Je me lève aussi rapidement que je le peux du fauteuil capitonné dans lequel je me trouve depuis trop longtemps. Il s'est donc décidé à me dire qu'il partira avec ma femme pour un long séjour aux Baléares. Il arrive parfois à Sophie de découcher. Comment ignorer que c'est chez lui qu'elle se rend ? D'ailleurs, elle n'en fait pas mystère. Les Baléares, c'est elle qui m'a mis au courant. Maurice lui a fait une cour tenace. Elle se rend bien compte qu'il n'est pas une lumière, Maurice, mais il a bon caractère, il a des sous. Il n'a pas à s'excuser de me ravir Sophie. J'ai compris pour Nicole, je finirai par comprendre pour Sophie. J'aurais tout de même préféré qu'il me dise tout net que je n'ai que six mois à vivre. Peut-être se retient-il de m'apprendre aussi cette vérité-là ? Y a-t-il une autre explication au rictus que je perçois à la commissure de ses lèvres ?

Classe économique

L'ennui des voyages, c'est qu'ils sont longs dans l'intendance et brefs dans les plaisirs.

BERNARD FRANK, *5, rue des Italiens*

Yvan n'a jamais été simple. Ce n'est pas à cinquante ans qu'il le deviendra. Aussi, vingt-quatre heures avant de prendre l'avion pour Prague, est-il inquiet. Inquiet à propos de tout. D'accord, il n'a pas l'habitude des voyages, mais est-il normal qu'il n'ait plus qu'un seul souci : savoir ce qu'il convient de donner comme pourboire au restaurant dans cette ville dont le nom évoque avant tout pour lui la figure de Kafka et dont une amie, fervente lectrice de Kundera, ne cesse de lui vanter les mérites ? Il sait, par exemple, le nombre de chambres que comporte le Kampa Garden, situé sur l'île de Kampa, à l'extrémité du pont Charles, hôtel qu'il a réservé il y a des mois. Toutefois, il n'a pas trouvé de réponse claire à la question qui le taraude. Est-il suffisant de laisser un pourboire de dix pour cent, comme le suggèrent certains guides ? Ce faisant, ne risque-t-il pas de passer pour mesquin ou, à l'inverse, généreux comme le serait un pleutre ignorant des pratiques habituelles ? Les choses étaient plus faciles du temps où il vivait avec Claudia. Elle avait beau être une enquiquineuse de première, elle se débrouillait aisément dans toutes les situations. Tout semblait couler sur elle. Les ennuis comme les joies. Pourtant, voyager avec Claudia, il ne peut en être question. Elle ne le souhaiterait pas, lui encore moins. La voir une fois par mois lui suffit.

Doit-il emporter quatre ou cinq t-shirts ? Les lavera-t-il au besoin, tâche qu'il déteste, ou les confiera-t-il aux services de l'hôtel qui, il le redoute, seront hors de prix ? Que ferait Claudia ? Elle préférerait s'en occuper elle-même, tout en bougonnant du début à la fin de l'opération. Chasser au plus tôt Claudia de son esprit. Elle n'est pas de l'aventure, et c'est tant mieux. Il n'a qu'à penser au supplice que représenterait pour lui le simple fait de lui faire face au restaurant, ses éternelles hésitations devant les mets à choisir, ses bouderies en cas de déception, ses interminables questions au serveur, non, tout ça, il l'a banni de sa vie.

Il se revoit, tapant sur sa tablette, en quête de l'hôtel qui lui conviendrait, milieu de gamme, près de la vieille ville, calme, clim, bain plutôt que douche, possibilité d'annulation. Les moments consacrés à la recherche d'une destination de vacances sont pour lui parfois plus exaltants que les vacances elles-mêmes. Souvent, loin de son appartement, il s'est senti dépossédé. Mais alors, pourquoi tiens-tu tant à partir ? lui a demandé Claudia à de nombreuses reprises. Il n'a jamais rien trouvé à lui répondre. Aujourd'hui, il croit savoir. Il a besoin d'un certain éloignement pour aimer. À l'époque, il en allait de même pour les femmes qui partageaient sa vie. Maintenant qu'il vit seul, il a pour son appartement le même attachement qu'un ascète pour sa cellule. S'en éloigner le porte à s'y attacher encore plus fermement. C'est d'ailleurs en voyage qu'il décide souvent de modifier la disposition de certains meubles, d'ajouter une moquette ou de remplacer une litho qui lui plaît moins. Il fut un temps où il rapportait de ses voyages des cadeaux pour ses enfants, sa femme, des amis. Depuis quelques années, ce n'est qu'à son appartement qu'il songe. Jeune, un départ en vacances était pour lui une occasion de penser à la mort. Elle viendrait, celle-là, quand il serait loin de chez lui. Les années étant venues, il ne l'attend plus. Il sait qu'il ne sert à rien de s'y préparer.

Partir le 4, revenir le 17. Tant mieux si Prague est une ville aussi attachante qu'on le dit. A-t-elle des griffes, comme le prétend Kafka ? Yvan ne le sait pas, mais il n'ignore pas que son appartement en a. Il le tient comme jamais une femme ne l'a tenu. Il se dit même que s'il n'avait pas annoncé son départ imminent à Claudia, il annulerait le tout. Le pont Charles, les rues de la vieille ville, les cathédrales et les palais, le cimetière juif et le musée Dvořák, il pourrait les visiter plus tard, dans un an, dans trois. La sonnerie du téléphone le fait sursauter. C'est le chauffeur de la limousine que Claudia lui a commandée. Désire-t-il qu'il monte prendre les valises ? Yvan répond qu'il voyage léger et qu'il descend à l'instant. Il a le goût de pleurer.

Mon père

Peu d'aveux m'émeuvent autant que ceux d'adultes qui n'ont pas trop de mots pour évoquer la figure de leur père. Est-ce parce que je ne suis pas sûr que ma fille me tienne pour le père qu'elle aurait souhaité avoir ? Cela est possible. Je mentirais si je disais que je serais vraiment chagriné de l'apprendre. Ai-je été trop distrait ? Cela est possible aussi. La paternité aurait glissé sur moi, en quelque sorte.

Ai-je été un mauvais fils ? Je ne le crois pas. Ces jours-ci, je me demande si j'ai vraiment aimé mon père. Dans les dernières années, je l'ai peu vu. Il s'était remarié, vivait à Ottawa. Laure, sa femme, m'a annoncé sa mort au téléphone, un dimanche. Serais-je libre pour assister à la cérémonie funèbre ? J'ai été tenté de dire que je devais partir en voyage commandé, puis j'ai accepté.

Je ne l'ai pas regretté. Laure ne m'a pas paru autrement dévastée par la mort de son mari. J'en ai été rassuré. Devant l'expression d'une peine trop évidente, je perds mes moyens. Le soir de la petite cérémonie, décidée par mon père, qui a toujours opté pour le décorum, seulement cinq personnes se sont présentées. Uniquement des femmes. Laure les a accueillies en toute civilité, très à l'aise même si elle rencontrait certaines d'entre elles pour la première fois. Laure m'a toujours été sympathique, même un peu plus, mais je la connaissais si peu. Vers la fin de la période des visites, elle m'a demandé si je rentrais à Montréal le soir même. Apprenant que j'avais réservé une chambre au Marriott, elle m'a proposé de casser la croûte dans un restaurant italien où elle avait ses habitudes. Curieusement, je n'ai même pas songé à me défiler. Pour la deuxième fois en moins d'une semaine, Laure réussissait à faire de moi un homme civilisé. Aussi bien l'avouer, elle m'intriguait. Mon père n'avait jamais aimé que de jolies femmes, mais Laure les surpassait toutes.

Lorsque maman l'avait quitté, papa avait obtenu la garde de leurs deux enfants. Je n'ai jamais compris au juste, j'imagine qu'il avait convaincu le juge que sa femme était volage, émotionnellement instable, qu'elle s'était mise en ménage avec un gigolo, vaguement danseur dans une troupe de saltimbanques cubains. Maman, il est vrai, n'avait pas tellement l'esprit maternel. Je la comprends. Je n'ai qu'à penser au genre d'enfant que j'ai été, querelleur, régulièrement maussade. À l'inverse de Chloé, ma petite sœur, une perle.

Le restaurant était presque vide. On était en septembre, un lundi pluvieux. Est-ce à cause de cela que cette femme que je n'avais vue que trois fois dans ma vie a adopté sans préambule le ton de la confidence ? Avec moi, les choses se déroulent souvent ainsi. Laure avait beau avoir été la compagne de mon père pendant une dizaine d'années, je lui parlais un peu comme à une femme que j'aurais voulu draguer. Sept ans à peine nous séparaient. Elle venait d'atteindre la cinquantaine, ne s'était pas retenue de le mentionner à trois reprises, comme s'il s'agissait à ses yeux d'un exploit. Quand elle souriait, sa lèvre inférieure me fascinait particulièrement. Peut-être était-ce parce que je vivais seul depuis deux ans, m'étant convaincu que la vie de couple ne me convenait vraiment pas, cette femme m'apparaissait un peu comme le sosie d'Isabelle Huppert.

— Ces derniers mois, votre père me parlait souvent de vous, vous savez. Il se reprochait ses absences passées, sa froideur. Je lui disais de vous appeler, d'aller vous voir, de vous inviter. Il trouvait l'idée excellente, promettait d'y donner suite, puis il oubliait. Avec Chloé, tout était plus facile. Elle l'amusait.

— Non, vraiment, moi, je ne l'amusais pas. Ma crise d'adolescence a duré longtemps. J'ai été injuste avec lui. Je l'ai accusé avec un peu trop d'insistance. Remarquez qu'à certains moments, même maintenant, je le déteste toujours autant. Ce n'est pas sérieux, je le sais, j'ai quarante-trois ans. Quarante-trois ans aujourd'hui.

— Pas vrai ? Alors, permettez que je vous invite. C'était une des qualités de votre père. Il aimait faire plaisir. C'est même pour cette raison que sa vie était si compliquée. Avec les femmes surtout. Vous avez dû remarquer que toutes les personnes qui sont venues ce soir étaient des femmes. Que des femmes, aucun homme. Au moins trois d'entre elles devaient être d'anciennes maîtresses. La grande blonde, celle qui avait un fort accent slave, je vous l'ai présentée tout à l'heure, était folle de lui. Le problème était qu'il n'était jamais amoureux longtemps. Un feu follet. Et vous ?

La question aurait pu m'indisposer ou du moins me surprendre. Décidément, Laure m'éblouissait. Je ne croyais plus tellement qu'elle ressemblait à Isabelle Huppert. Elle était Laure.

Ça me suffisait. Quel genre d'amoureuse avait-elle été pour mon père ? Avait-elle trouvé en lui un véritable complice ? Je n'arrivais pas à l'imaginer nue. Laure était-elle parvenue à beaucoup d'extases avec lui ? Elle l'avait connu sur le tard. La dernière fois que je l'avais vu, il marchait vraiment comme un vieillard, il entendait mal et se plaignait de douleurs persistantes au dos. C'est pourtant avec cet homme plus que diminué que Laure avait accepté de vivre jusqu'à la fin.

— Je serais un peu comme lui, au fond. Il m'est arrivé dans ma vie de tomber rapidement amoureux, mais depuis quelques années, je crains les attaches. J'ai une vie rangée. Je suis professeur dans un cégep, vous le savez. Il aurait aimé que j'aie un destin plus flamboyant. Je l'ai déçu, de ce point de vue là, en tout cas.

— Tu n'exagères pas un peu ? Je dirais plutôt qu'il craignait que tu le blâmes. Il me disait : « Mon fils a une vie plus exemplaire que la mienne. » Parfois, il ajoutait que tu devais trouver qu'il était temps qu'il se range.

J'ai noté que Laure m'a tutoyé. Méprise ou tentative de rapprochement ? J'avais déjà remarqué qu'elle mangeait fort lentement. Manifestement, elle faisait tout pour éterniser le repas. Je ne songeais pas à m'en plaindre. N'ayant rien à faire, n'ayant pas sommeil, je préférais de loin la compagnie de Laure à la solitude de ma chambre d'hôtel.

— Si on commandait une autre bouteille de soave ? Tu vas bien m'accompagner ?

Laure m'a souri d'un air narquois. Je ne suis pas étonné que mon père l'ait désirée. Il lui en fallait peu pour perdre la tête, il est vrai. Adolescent, je lui avais reproché son côté volage. Parfois même, il me scandalisait. J'ai mis un certain temps à découvrir que peu de choses dans la vie se comparent à l'enivrement que procure une rencontre amoureuse réussie. Mon père a placé les femmes au centre de sa vie. Quel genre d'amoureux a-t-il été ? Certes, plus léger que moi. Ses femmes ont dû le lui reprocher. Laure affirme s'être amusée de ce travers.

— Quand nous nous sommes rencontrés, il avait connu tellement d'aventures. Si au moins il s'était contenté d'admirer les femmes de loin. Tout lui était bon pour les séduire. Tu seras étonné d'apprendre que ton père n'était pas un amant très doué. Ça te fait sourire ? C'est pourtant la vérité. Son principal atout : la parole. Quand il me disait qu'il avait trouvé en moi la femme qu'il avait longtemps cherchée, je ne le croyais pas tellement, mais j'aimais qu'il me tienne des propos de ce genre. Je pense qu'il m'a trompée au moins une fois. Sa secrétaire. Elle n'a pas osé venir, ce soir. Je la comprends. D'ailleurs, c'est une sotte. Il est comment, ton hôtel ?

J'ai répondu qu'il était aussi terne que la ville où nous étions. Du confort à l'américaine, rien de plus.

— Tu peux me tutoyer, tu sais. Moi, le tutoiement, ça me vient tout seul. Tu sais que je suis comédienne. Ou plutôt que je l'ai été dans une autre vie. Ton père me voulait toute à lui. Il me disait qu'il était jaloux et que la simple pensée que quelqu'un d'autre que lui puisse me tenir dans ses bras l'indisposait. J'avais beau lui dire que rien n'est plus barbant pour des comédiens qu'une scène dite osée, il ne me croyait pas. Pourtant, tu sais, Laurent, embrasser un collègue, essayer de donner l'impression que tu en es follement éprise, tout cela est d'un drôle ! Ce qu'on pouvait se bidonner parfois. Sauf si ton partenaire a mauvaise haleine ou qu'il prend des libertés qui te déplaisent. Sentir une langue dans sa bouche, pourquoi pas, mais pas n'importe laquelle !

Laure m'a reparlé de mon hôtel. Pourquoi l'avais-je préféré au Château Laurier ou au Novotel ? J'ai répondu que j'avais tapé sur le premier site venu. Elle m'a dit que mon père pouvait passer des jours à choisir l'établissement qui lui convenait le mieux. Cela expliquait pourquoi il avait si peu voyagé.

— La plupart du temps, du reste, il se gourait. Il oubliait toujours un détail. Et puis, tu seras d'accord avec moi, on passe si peu de temps dans une chambre d'hôtel, on bouge, on rentre tard. À moins évidemment qu'on ne soit un peu excité par le côté inusité de la chose. On se comporte bizarrement dans une chambre d'hôtel, non ? On a des audaces. Tu ne me réponds pas. Mes plus beaux souvenirs d'amour, ce sont mes voyages qui me les ont fournis. Pourquoi a-t-il fallu que je m'enterre à Ottawa ? As-tu une explication ?

Il ne m'en fallait pas plus pour comprendre que si j'invitais Laure, elle me suivrait à ma chambre. Je n'ai commencé à douter de la sagesse de ma décision que lorsqu'elle s'est mise à se déshabiller. Elle me semblait de plus en plus désirable, mais parviendrais-je à chasser de mon esprit la figure de mon père ?

Une si belle fille

Les vieilles personnes vivent souvent dans le passé. Le leur. Je viens d'avoir soixante-cinq ans. Au bureau, je dois passer pour un homme un peu ennuyeux. Je suis marié depuis longtemps à une femme qui ne me rend pas malheureux. Elle a donné la vie à deux enfants dont je ne parle jamais sans une certaine émotion. Il m'est souvent arrivé de penser que j'ai été meilleur père qu'époux. Je m'entends plutôt bien avec Marie. À peu près jamais de heurts entre nous. Lorsque la chose se produit, c'est pour des vétilles, une soirée au restaurant reportée, une destination de vacances, une pièce à redécorer. Pour le reste, un calme presque parfait. Est-ce l'amour, ce sentiment que tant de romans et de chansons décrivent, que nous avons connu tous les deux? À vrai dire, je n'y songe jamais. Je me contente à certains moments de déplorer que ma vie s'écoule, que la vieillesse s'annonce et que je n'y puisse rien.

Ma retraite, je suis forcé de la prendre. Depuis quelques années, on me fait sentir que je suis de trop. Sans méchanceté, mais elle viendra si je m'accroche à mon poste. Pour la plupart de mes collègues, je serais en quelque sorte l'âme du service. Personne ne connaît mieux que moi les tarifs douaniers des pays les plus reculés. On me consulte sur des procédures à suivre, des législations diverses. J'en tire une satisfaction que je ne cherche même pas à dissimuler et qui me sert à faire excuser mes lacunes, côté technologie. Je suis d'un autre temps.

J'évoque sans trop me faire prier mon entrée dans le service, nos façons de travailler dans ce temps-là, le vouvoiement qui était de rigueur, la cravate qu'il fallait porter, le chèque mensuel que le patron tenait à nous remettre en main propre. Ce monde révolu, je ne souhaite pas qu'il revienne.

Je ne parle jamais cependant de l'entrée dans notre service d'une jeune femme d'une beauté remarquable. C'était il y a trente ans. D'un naturel timide, je n'aurais pas osé lui parler si souvent si son bureau n'avait pas jouxté le mien. Probablement pas. Dès les premiers jours, j'ai compris qu'elle était à peu près toujours triste. Rien de surprenant à cela, me dira-t-on, il suffit de s'intéresser un tant soit peu aux gens pour découvrir une faille. Un soir que je m'apprêtais à rentrer chez moi, je suis tombé sur elle près de l'ascenseur. Pris par des réunions qui se succédaient sans arrêt, je ne l'avais pas vue depuis deux jours. Elle m'a regardé avec ce qui m'a paru une certaine insistance.

— Je prendrais bien un verre, a-t-elle dit.

Sans réfléchir, je lui ai répliqué que j'en prendrais bien un, moi aussi. Je n'aime pas l'atmosphère des bars, c'est pourtant une boîte un peu quelconque que j'ai suggérée, comme si j'en étais un habitué.

J'occupe toujours le poste qui était le mien alors. Les occasions d'avancement, je les ai refusées, une à une. Ce jour du premier verre, un directeur avait cru m'être agréable en me proposant une promotion. Augmentation de traitement, possibilité de voyages, occasion d'accéder à court terme à d'importantes responsabilités.

— Ça ne vous tente pas ? Je vous vois dans cette fonction. Tout vous sourit. Vous êtes jeune, vous êtes heureux en couple.

Ces années-là, j'avais trois photos sur mon pupitre : celles d'Hugo, de Noémie, de leur mère. Il arrivait que, pour cette raison, des compagnons de travail se moquent de moi. Sans méchanceté. Je n'avais pas d'ennemi. J'allais avoir une amie.

— Vous avez dû vous en rendre compte, je n'ai pas beaucoup d'enthousiasme pour le travail. Rien de bien nouveau pour moi. Je n'ai jamais compris comment on pouvait s'intéresser longtemps à une occupation. Tout finit par m'ennuyer.

Comme de raison, j'ai protesté. Je lui ai dit que je n'avais jamais eu d'auxiliaire plus efficace qu'elle. Me remerciant d'un sourire, elle a hésité, puis :

— Je voudrais m'intéresser à la vie, vous savez. Pour cela, il ne me faudrait qu'une seule petite chose, avoir quelqu'un sur qui compter. Je suis seule, complètement seule. Quand je rentrerai chez moi tout à l'heure, il n'y aura personne pour m'accueillir. Toujours les mêmes murs, toujours la même solitude.

Je ne perdais aucune de ses paroles, mais je ne cessais de me demander quelle raison j'aurais pu fournir à Marie pour expliquer mon retard, ce soir-là, moi qui l'avais habituée à une ponctualité un peu trop rituelle.

— Si vous saviez à quel point je vous envie ! Vous êtes entouré d'amour. Vos enfants sont si beaux. Il m'arrive de pleurer en pensant à eux, au bonheur que vous devez ressentir, votre femme et vous.

Et elle s'est mise à pleurer. J'ai trouvé presque normal de la rejoindre sur la banquette de moleskine, de l'entourer de mon bras. Pendant près de deux ans, tous les midis, Michèle et moi avons déjeuné ensemble. Nous avions des conversations interminables. Je ne me rendais pas tout à fait compte que cette femme me devenait plus proche que Marie elle-même. À certains moments, je souhaitais me détacher d'elle. Il suffisait qu'elle vive un moment de grande tristesse pour que je redouble d'attention. J'essayais de tout concilier, travail, vie familiale, amitié sentimentale, sans toujours y parvenir. Hugo avait eu un accident de vélo, Noémie connaissait des ennuis à l'école, Marie avait fait une fausse couche. Que pouvait la pauvre Michèle contre notre bonheur organisé ?

Un jour, elle m'a annoncé qu'elle quittait son poste au ministère. Est-ce que j'accepterais de la voir quand même ? Pour moi, les choses se compliquaient. Les justifications maladroites que j'avançais ne convainquaient pas Marie. Pour la première fois depuis le début de notre vie commune, notre couple était menacé. Marie avait même évoqué la possibilité d'un divorce. J'avais pris l'habitude de me rendre à l'appartement de Michèle. Et ce qui devait arriver arriva. N'oubliant jamais tout à fait le tort que je causais à Marie, j'ai dû être un bien piètre amant.

Quand j'ai appris le suicide de Michèle, je n'ai

pas été étonné le moins du monde. Elle en parlait de plus en plus, ne voyant aucune issue à sa tristesse, me priant de ne plus la voir. Cinq mois après notre dernière rencontre, elle s'est défenestrée du cinquième étage. Pour que Marie ne s'aperçoive pas de mon trouble, j'ai apporté des dossiers à la maison plusieurs soirs de suite. L'image du corps de Michèle s'écrasant sur le trottoir devant son immeuble n'a pas cessé de me hanter depuis. Parfois, il m'arrive en rêve de la voir tomber, tomber. Je ne suis pas toujours là pour lui ouvrir les bras.

Hommage au disparu

Quand on atteint un certain âge, on devrait trouver normal que le nombre de nos morts dépasse le nombre des vivants qui persistent à nous accompagner. Aussi, l'annonce du décès de Rémi ne m'a aucunement surpris. D'autant qu'il était asthmatique depuis une bonne trentaine d'années, qu'il faisait de fréquents séjours dans les hôpitaux et qu'il se plaignait sans cesse de douleurs à l'abdomen.

Sa mort, je l'ai apprise au journal télévisé. Ces dernières années, Rémi était devenu une personnalité. La reconnaissance que la poésie lui a refusée, il l'a obtenue par son engagement tardif dans des mouvements à caractère caritatif. Il s'était fait un nom, disait comiquement le communiqué de l'agence de presse, en répandant le goût de la beauté chez les démunis.

À l'époque, alors que nous avions tous les deux vingt ou trente ans, il se serait sûrement moqué du genre d'apostolat auquel, vieillissant, il a consacré son énergie. Suis-je justifié d'attribuer le mot *énergie* à un échalas que le moindre effort physique mettait à mal ? Peut-être pas. Au moins dois-je admettre qu'il s'agitait pendant que je me contentais de voir couler le temps.

J'étais loin de penser qu'on soulignerait sa mort à la télévision. Tout à l'heure, on a même évoqué le parcours d'un homme exceptionnel, ce qu'il n'était pas. Le lecteur du bulletin a buté deux fois en prononçant son nom. À l'évidence, il ne lui était pas familier. Rémi disait souvent, pas toujours en riant, que son patronyme ressemblait trop à celui de Julio Iglesias, qu'il aurait dû en changer, adopter celui de sa mère, à consonance plus québécoise. Pour le consoler, je lui répliquais que j'aurais tout donné pour abandonner un nom de famille trop banal à mon sens.

Rémi aurait-il souhaité qu'on le célèbre tout en faisant l'impasse sur ses livres, qu'on ne cite aucun de ses recueils dont deux au moins ont été remarqués en leur temps ? Probablement pas. Il me faut dire toutefois que, l'ayant négligé ces dernières années, j'évoque un presque inconnu. Le trouvant souvent imbuvable à cause de tout ce que l'on répète à son sujet depuis hier, je l'ai évité autant que j'ai pu. Qu'il ait passé tant d'heures à réciter des poèmes et à raconter des parcours de poètes à de pauvres gens que la vie avait marqués, et que la chose n'intéressait peut-être pas tellement, me semble un détail sans beaucoup d'importance. Dans une existence, tout s'enfile à la va-comme-je-te-pousse, les souvenirs déchirants comme les moments insupportables d'ennui.

Je mentirais aussi si je disais que la mort de Rémi m'attriste. Je ne vais donc pas imiter le journaliste qui évoquait tout à l'heure en des termes tout aussi simplets que grandiloquents la disparition d'*une figure importante de nos lettres,* alors qu'il n'en a rien à cirer de ce commis voyageur poète. Il y aura une cérémonie religieuse. A-t-on prévenu Rémi qu'il en sera ainsi ? C'est pourtant lui qui, à l'époque, vitupérait l'éducation des clercs. Se serait-il ramolli à ce point ? Pourquoi pas, après tout. S'il a souhaité la présence d'un évêque, qu'on la lui accorde.

Ce qui m'affecte, c'est que Rémi m'abandonne, emportant avec lui une partie non complètement abolie de notre passé commun. Il n'a certes pas souhaité me heurter, je le sais. De toute ma vie, je n'ai fréquenté être plus délicat. Sans l'avoir souhaité de quelque façon, il me rapproche de ma propre mort. Il m'abandonne tout aussi nettement que jadis je l'ai abandonné. Je réussis quand même sans trop de mal ce matin à revenir à ces années lointaines où Rémi était Rémi, à ces jours pendant lesquels nous étions tous les deux insolents, rêveurs, parfaitement égoïstes, nous croyant éternels. Le reste, du vent, de la pâture pour journalistes pressés.

Elle pleure

Je ne conçois guère l'amour autrement
que dans le tourment et dans les larmes ;
rien ne m'émeut ni ne me sollicite autant
qu'une femme qui pleure…

MICHEL LEIRIS, *L'Âge d'homme*

Sur le coup, il ne s'en rend pas tellement compte, mais dans sa vie de solitaire que peu de liaisons ont troublée, Léo a eu le chic de s'approcher à peu près exclusivement de femmes plutôt paumées. En règle générale, il met deux ou trois mois avant de s'apercevoir qu'une fois de plus il a été en présence d'une personne que rien ne consolerait.

Ce soir, Léo aurait carrément préféré aller au cinéma seul. Pourquoi a-t-il fallu qu'il prenne cet appel ? Il rentrait chez lui, il venait de pousser la porte, il s'était dit que peut-être sa mère le réclamait. La vieille aura quatre-vingt-dix ans dans deux mois. Elle s'entête à ne pas quitter une maison trop grande pour elle, devenue inhabitable pour cause de vétusté. Prenant panique à tout propos, elle pleure à la moindre contrariété. Léo doit déployer toutes les ruses pour la rassurer. Ce qu'il fait avec bonne grâce. Sa mère, il ne songerait pas à la négliger. Mais, c'était Mélanie, une copine qui voudrait bien s'installer dans sa vie. Vraiment, mais vraiment, pourquoi s'est-il précipité vers le combiné ?

Il s'attendait à la trouver vêtue de sombre, le teint pâle, les traits tirés, les yeux rougis. Il a devant lui une femme souriante. Pour un peu il en serait déçu. Mais pourquoi donc l'a-t-elle supplié de devancer un rendez-vous prévu pour le lendemain ? Plutôt que de s'allonger les jambes dans une salle de cinéma presque déserte, tentant de s'intéresser à un film dont on dit tant de bien, il fait face à une noiraude qui ne l'attire plus depuis des mois. Ses tics, il les connaît par cœur. Ce soir, elle les multiplie à l'envi. L'habitude qu'elle a, par exemple, de redresser la tête à tout moment pour repousser une mèche rebelle, quitte, au bout de deux ou trois tentatives infructueuses, à replacer de la main ses cheveux dont elle est si fière, il l'a détectée depuis longtemps. Rien ne l'étonne plus chez elle.

— Tu sais ce que je me disais au lever, ce matin ? Ça va te surprendre, Léo. J'ai pris conscience que j'avais de la chance de te connaître. Beaucoup de chance. Tu es plein de prévenances pour moi, tu es doux, tu n'élèves jamais la voix. Je n'aurais jamais pu trouver un ami plus bienveillant que toi. Cette pensée m'a mise en joie. Plutôt que d'aller au bureau, je me suis rendue chez Ogilvy, j'ai acheté ce chemisier. Une folie. Il est bien, non ? Je voulais être belle pour toi. Je te dois bien ça, après tout. Regarde l'échancrure. Elle n'est pas trop profonde, quand même ? Et puis tant pis, j'aime que tu voies mes seins. Ils sont pas mal, mes seins, non ? Je me suis dit tout à l'heure que le temps file et que nous sommes fous de ne pas en profiter. Finis ton café, nous irons chez moi. J'ai besoin de ton corps.

Léo se rend compte de plus en plus d'une évidence. Non seulement cette femme ne l'étonne plus, mais elle l'indispose. Si elle croit qu'il suffit de faire étalage de ses seins pour renouer avec lui, elle se trompe. Pour commencer, il est plutôt prude, il supporte mal les exhibitions. Quant aux seins de Mélanie, ils ne l'émeuvent pas. Il ne saurait dire pourquoi au juste, mais même à leurs toutes premières rencontres, ils ne parvenaient pas à l'allumer. Ses fesses, en revanche, son sourire, le timbre de sa voix l'ont attiré un temps. Du passé, tout cela. Pour l'heure, il cherche une façon de se libérer. Du moins pour ce soir. La rupture, il trouvera bien une façon de l'amorcer.

— Je ne te l'ai pas dit, je ne suis pas tout à fait libre, commence-t-il.

Elle ne lui laisse pas le loisir de continuer, dit qu'on n'est jamais tout à fait libre, qu'il faut savoir s'arrêter. Il se croit amusant, cite Ronsard, *cueille la rose*, oublie la suite. Elle ne l'écoute pas. Aurait-il dû choisir d'évoquer un travail à finir ou un cours à préparer ? Après tout, elle s'est intéressée à lui au début parce qu'elle l'avait vu à la télévision éducative expliquer l'importance du feuilleton dans la littérature au XIXe siècle. Léo lui était apparu comme une révélation. Elle se devait de le rencontrer, a-t-elle cru. Rien ne lui a été plus facile. Elle n'a eu qu'à toquer à la porte de son bureau à l'UQAM.

— Ta mère ? Elle a eu une rechute ? Son cœur ? La pauvre ! Tu veux que je t'accompagne ? Tu fais ton possible, je le sais, mais il y a des choses que seule une femme peut voir. Vous, les hommes, tout vous échappe. Crois-moi, ça me ferait plaisir de t'aider. Ta mère, je ne la connais pas. Tu me la présenteras.

Pour la première fois depuis longtemps, Léo se

sent la force d'être cruel envers une femme. Il reste une heure avant la dernière projection du film iranien dont il ne veut pas rater le début. S'agit-il vraiment d'un chef-d'œuvre, comme le prétend le critique du *New York Times* ? Il en doute, mais l'insistance de Mélanie lui est de plus en plus insupportable.

— Mélanie, j'ai réfléchi. Toi et moi, ce n'est plus possible.

Il mettra bien trois quarts d'heure à lui faire comprendre qu'il est essentiellement un vieux garçon, que seuls ses livres l'intéressent, qu'il se sent tenu de lui dire la vérité. Comme elle proteste toujours un peu, qu'elle s'accuse d'égoïsme, qu'elle promet de s'amender, il dit que de toute manière l'état de santé de sa mère requiert toute son attention, qu'il emménagera bientôt chez elle pour lui tenir compagnie.

De retour chez lui, ce n'est pas au film en somme plutôt banal qu'il songe, mais aux larmes de Mélanie. Il a pu voir pleurer cette femme sans en être autrement ému. Serait-il devenu insensible ? Ou n'est-ce pas la preuve que Mélanie n'était pas faite pour lui ?

Reste la douceur

J'aime plus qu'il n'est raisonnable la douceur qui vient aux êtres qui ont longtemps paru en être dépourvus. Martin était-il aussi insensible que je l'ai d'abord cru ? Je devais avoir trente ans, par là, quand j'ai fait sa connaissance. Je croyais alors être malheureux, je ne l'étais pas tout à fait. Pour l'être, il aurait fallu que je connaisse un peu mieux la vie. Je n'en étais qu'à mes débuts.

Je retrouvais Martin après des années d'absence. Il revenait à Montréal après avoir longtemps vécu à Londres, à Glasgow et à Rome. Je n'ai jamais vraiment compris ce qu'il faisait à l'étranger. Sa femme détenait bien un poste d'attachée commerciale pour une multinationale, mais lui ? Quand je l'avais rencontré la première fois, vers 1980, il était journaliste politique. Très fier de ses origines bourgeoises, il pouvait être d'une complète arrogance ou, à l'inverse, le plus charmant des hommes. Il ne perdait aucune occasion de citer les hauts faits de son père, lequel à vrai dire n'avait été qu'un boursicoteur chanceux. Le mien avait été petit fonctionnaire. Martin me rappelait volontiers qu'à quinze ans il avait déjà visité une bonne partie de l'Europe. À cet âge, je n'avais pas quitté le Québec. Était-ce méchanceté de sa part ? Je ne sais pas. Pour lui, nous n'étions pas du même monde. Il disait « dans *ton* quartier », il disait « si tu avais vu le Louvre », il disait « quelle merveille, la Scala ». Quand on me demande pourquoi je le fréquentais, je réponds qu'il me fascinait. Grâce à lui, je me suis intéressé à la littérature. C'est lui qui m'a initié à Proust, à Joyce. Mes premiers romans, je les lui ai soumis en manuscrits. Il prenait un plaisir étonnant à souligner les maladresses de mon écriture. Il mettait des mois à me livrer ses commentaires, semblant heureux que je ne puisse pas respecter les délais fixés par mes éditeurs successifs. Lorsque enfin un de mes romans retenait un peu l'attention d'un critique, il n'avait de cesse de me rappeler que j'étais hors du coup. Selon les années, il me citait Sarraute, Faulkner, Pavese, Scott Fitzgerald. Il ne me disait pas que je n'étais qu'un tâcheron. Plus subtilement, il insinuait que l'on ne devient écrivain qu'à la suite d'un long apprentissage, qu'il fallait que je me résigne à la patience. Pourquoi, au reste, publier ce qui n'était qu'une ébauche ? Ces remarques désobligeantes, l'armagnac aidant, il les formulait vers trois heures du matin. J'en avais eu du chagrin au début, puis je m'étais habitué à son ironie blessante. Jusqu'à ce soir de 1998 où, hors de moi, je lui avais montré la porte de mon appartement. Jamais je n'oublierai sa réaction. Comme s'il ne s'était rendu compte de rien, comme si, m'ayant depuis longtemps déclaré son amitié, il pouvait à sa guise me choisir pour souffre-douleur. Il m'est arrivé de croire qu'il aurait probablement préféré que je n'écrive pas. Il aurait suffi que je me contente de l'imiter. Lire, mais ne pas écrire. Il aurait fallu que comme lui je m'intéresse à la littérature anglaise de la période romantique. Encore là, je suis dubitatif. J'avais été, j'étais peut-être pour lui une cible.

Donc, je retrouvais Martin après un intervalle de quinze ans. Il rentrait au pays sans Christelle. L'âge de la retraite étant venu, elle avait décidé de s'établir à Rome. Les couples qui se défont me rendent toujours un peu triste. Je devrais en avoir l'habitude, il n'est pas rare que j'apprenne que des amis divorcent, mais je n'y peux rien, je suis un homme d'ordre.

Je venais de publier un petit livre dans lequel j'exprimais mon émerveillement d'être encore de ce monde. Comment avais-je abouti à cette cérémonie par laquelle on saluait une distinction que venait de recevoir un collègue ? J'ai toujours fui les réunions de ce genre. Il faut croire que j'avais ce soir-là un très puissant vague à l'âme. Ou plus simplement en étais-je venu à la conclusion que la bêtise ambiante n'était pas plus encombrante que celle que je trouvais en moi. Je m'étais tiré avec peine de deux interminables conversations lorsque j'ai aperçu Martin. Courbé, ridé, la voix chevrotante. Sans son sourire ironique, je ne l'aurais pas reconnu.

— Je suis heureux de te voir, dit-il à voix basse.

Une jeune fille, à peine la vingtaine, nous offre des canapés. Si je tends la main, c'est tout bonnement que je veux me donner un peu de temps, je crains déjà de faire face à Martin. Je me dis quand même qu'au moindre signe d'hostilité de sa part je m'éclipserai.

— Elles étaient pas mal, nos petites soirées à l'époque, dit-il avec un sourire dénué de toute malice, à ce qu'il me semble. J'y pense souvent. Nous étions jeunes, je buvais trop. J'ai mis du temps à m'en rendre compte. J'ai été injuste avec toi. Tu as été d'une patience d'ange. Je tiens à te dire aussi que ton dernier roman, je l'aime beaucoup.

L'âge venant, je deviens un peu sourd. Comme si le bruit des conversations n'était pas assez fort, on a cru bon de diffuser une musique d'ambiance nettement agressive. Je finis toutefois par deviner à peu près ce qu'il vient de dire. Toujours un peu honteux à la publication d'un livre, j'aurais préféré qu'il aborde un autre sujet. Les attentats, la politique américaine, la beauté d'Istanbul, n'importe quoi, mais mon roman, non, vraiment, pas du tout.

— Tu as eu raison de continuer à écrire. Moi, je n'ai rien foutu. Évidemment, il y a eu les femmes. Sans elles, ma vie aurait été parfaitement vaine. J'ai tout gâché. Une habitude chez moi, le ratage. Je sais maintenant que j'ai été parfois ignoble. Avec toi, avec d'autres aussi. Je ne vais pas te demander pardon, ce serait grotesque, et puis tu ne me croirais pas.

Cinq heures plus tard, dans ma salle de séjour, la voix un peu empâtée, Martin se croit obligé de dire qu'il a couché quelques fois avec Julie, la femme qui a le plus compté pour moi, la seule que j'ai épousée. Je n'en suis pas étonné. J'étais carrément insouciant à l'époque, je ne méritais pas mieux. Aurais-je eu la même attitude si Martin n'avait pas eu dans la voix cette douceur que je ne lui connaissais pas ?

Comme neuf

Jamais je n'aurais imaginé que mon appartement puisse devenir si important. J'habite un quartier qu'on a longtemps décrit comme ouvrier. Si on le dit moins aujourd'hui, c'est que petit à petit des tours ont remplacé des masures presque centenaires. On a troqué une laideur modeste contre une autre faite de clinquant. Moi excepté, il ne semble plus y avoir tellement de vieilles personnes dans ma rue. Où les a-t-on refoulées ? Je ne m'y connais pas tellement en autos, mais il est évident que les jeunes gens au volant des bolides que l'on voit aux alentours participent à un monde qui n'a jamais été le mien. Comme je marche de plus en plus lentement, j'ai pris l'habitude de respecter scrupuleusement les feux de circulation. Il arrive que je surprenne chez mes jeunes voisins des signes d'impatience. Ils sont courtois la plupart du temps, mais toutefois les plus tolérants d'entre eux paraissent excédés par ma lenteur à franchir les intersections. Je voudrais leur rappeler que j'ai été jeune moi aussi, que je pouvais courir pendant des heures, jouer au tennis, nager, aller au concert au bras des filles les plus splendides. Évidemment, je n'en fais rien. De toute manière, ils ne me croiraient pas. Ils s'imaginent qu'ils ne vieilliront pas à leur tour. À moins que, doués d'une prescience inconnue de nous, les vieillards, ils n'aient choisi de vivre à fond le temps présent et choisi l'aveuglement.

Mon appartement aurait besoin d'être remis à neuf. Dans son état actuel, il ne saurait convenir à de jeunes personnes. Tout est décrépit chez moi. Le fauteuil en faux cuir dans lequel je passe une bonne partie de mes journées avait des ressorts tellement usés qu'il m'était devenu de plus en plus difficile d'en sortir. Le mois dernier – était-ce un étourdissement ? –, j'ai perdu l'équilibre et me suis étendu de tout mon long sur le tapis indien, qui doit bien être le seul élément de décoration un peu valable que je possède. Il ne faudrait pas croire que j'ai pris à la légère la décision de faire rembourrer ce fauteuil. Qu'on me comprenne, mes moyens financiers sont modestes, mais je ne suis pas à plaindre. Voyager ? Je n'en ai plus le goût. Me vêtir avec plus de recherche ? Je ne fréquente plus personne. Si j'ai longtemps hésité à faire appel à un rembourreur – on ne me croira pas –, c'est que j'acceptais mal de modifier de quelque façon le décor qu'avait imaginé ma femme. On se moquera de moi, mais je me comporte comme si elle pouvait revenir. Elle est décédée il y a sept ans. Je n'ai pas encore disposé des cendres qu'on m'a remises dans une urne bariolée de dessins vaguement chinois. Parfois, les soirs de grande désolation, je me réfugie dans mon fauteuil et j'enserre le vase.

Le livreur qui m'a rapporté le fauteuil hier m'a dit : « Vous voyez, il est comme neuf. » Je n'ai rien répondu. Comment pourrait-il comprendre que le grincement des ressorts me manquera ?

Je veux m'éclater

Un jour qu'elle m'annonçait par bravade qu'elle partait retrouver à Paris un homme dont elle ne connaissait que la voix et les messages électroniques, j'avais su que vraiment Annie ne cesserait jamais de me surprendre. Je n'avais jamais compris qu'elle m'ait choisi pour confident. Trente ans nous séparaient. Elle élevait du mieux qu'elle pouvait un garçon de six ou sept ans. J'étais professeur dans une école de dessin industriel. Je l'avais rencontrée lors d'un vernissage dans le Vieux-Montréal. J'ai toujours aimé le monde des peintres, qu'elle fréquentait à l'occasion, m'a-t-elle dit, la plupart du temps à la recherche de contrat. Elle était journaliste pigiste, estimait que l'école était une perte de temps, que la littérature ne s'enseignait pas et que les prêtres étaient tous des refoulés sexuels. En une demi-heure dans une salle enfumée – en 2002, on tolérait encore la cigarette –, j'en savais plus sur elle que sur la demi-douzaine d'artistes dont les toiles étaient présentées ce soir-là.

Annie n'était pas que la jolie fille un peu libre qu'elle paraissait au premier abord. Je n'avais pas tardé à m'en rendre compte. À L'Express, devant un effiloché de veau qu'elle avait trouvé raté, elle m'avait appris que la solitude était la grande affaire de sa vie. Sa tristesse m'avait impressionné. Si je fais le compte de mes amitiés féminines ou de mes liaisons, j'en arrive à la conclusion que les femmes s'ennuient une bonne partie de leur vie. Aussi comprenaient-elles assez rapidement que je n'étais pas homme apte à les divertir bien longtemps. Pour cette raison même, Annie recherchait ma compagnie certains jours et la fuyait tout aussi prestement à d'autres moments. Pour elle, je devais être le confident parfait les soirs de débine. Je savais écouter, je m'apitoyais, j'avais le chic de trouver les citations littéraires qui convenaient et qui seules parvenaient parfois à la consoler. J'avais publié des poèmes dans des revues à petit tirage. Cela lui suffisait pour m'appeler le Paul Éluard du Québec et même pour réciter à haute voix des extraits de mon *Hymne à la femme adulée*, écrit en vers libres quinze ans plus tôt et qu'au reste je n'aurais jamais dû publier.

Il y a quelques mois, j'ai lu qu'Annie avait failli perdre la vie dans un accident de la route près de Nîmes. La photo qui accompagnait la courte notice n'était pas récente. Elle devait dater de l'époque de notre première rencontre. On rapportait que mon amie conduisait, ce soir-là, à tombeau ouvert et que son taux d'alcool dans le sang dépassait de beaucoup la limite permise. La chose n'avait rien pour m'étonner. Annie avait toujours affirmé qu'il fallait enfreindre toutes les règles. Seuls les êtres timorés, moi par exemple, les respectaient.

Je me trouvais, il y a deux semaines, à Arles. La ville est à ma taille, chaleureuse et retenue à la fois. On peut s'y rendre pour une foule de raisons, Van Gogh, les arènes ou encore, en été, les Rencontres internationales de photographie. J'y étais allé dans la simple intention de rendre grâce à Paul-Jean Toulet. Les Alyscamps, *la douceur des choses*, voilà qui suffisait amplement à me motiver. Depuis la mort de ma femme, je quitte souvent Montréal, poussé par le seul besoin de revoir des endroits que j'ai déjà visités en sa compagnie. Il faisait trente-cinq degrés, je n'avais d'intérêt que pour les terrasses ombragées. Les Alyscamps, je les avais vus furtivement, me récitant les vers qui m'apparaissent depuis si longtemps porteurs d'une grâce inégalée. J'étais à n'en pas douter un bien étrange touriste.

Je n'ai pas l'habitude d'être abordé. Aussi ai-je été étonné que si loin de chez moi quelqu'un s'adresse à moi. Jean Larzac m'avait reconnu. Annie avait conservé quelques photos sur lesquelles j'apparaissais. Quand j'avais commandé mon pastis, il avait décelé mon accent québécois. Il avait donc osé. Ce qui n'était pas dans ses habitudes, a-t-il affirmé. L'homme m'a tout de suite paru sympathique. J'étais resté curieux de tout ce qui concernait Annie. Des quelques femmes que j'ai pu connaître, la plus attachante d'emblée. C'était donc pour ce gros homme timide qu'elle était partie à l'aventure ?

— Vous savez, elle n'a pas tardé à se rendre compte que je n'étais pas du tout son type. Elle s'était imaginé des choses. J'avais investi des sommes dans quelques films, mais là s'arrêtait mon goût pour l'art. Au cinéma avait succédé un engouement pour les mines de schiste puis l'élevage bovin en Haute-Normandie. Tout cela à une échelle bien modeste. J'étais un petit investisseur. C'était beaucoup trop pour Annie. Elle m'a quitté au bout de six mois. Ce qui lui est arrivé par la suite, je ne l'ai appris que par bribes.

À la naissance de Laurent, elle avait pensé revenir au Québec. Elle n'était vraiment pas assurée d'y trouver sa place. Mieux valait, avait-elle cru, s'appuyer sur ses quelques relations parisiennes. Elle avait vécu plus que modestement dans un trois-pièces près de la place d'Italie.

— On se voyait à intervalles réguliers. Il m'arrivait de lui glisser quelques billets en catimini. Je pouvais me le permettre. Je ne vous étonnerai pas en vous disant qu'on n'oublie pas aisément une femme comme elle. J'aurais aimé lui apporter un peu de paix. Ces dernières années, pendant de courtes périodes, j'ai cru y parvenir. Mais elle a besoin de tumulte. Tout le contraire de moi.

Je ne me retiens pas de lui dire que je suis un amateur de cimetières. Les Alyscamps, le calme rassurant des tombes, tout cela me convient. Je rappelle qu'en quittant Montréal Annie répétait sans cesse que dans la vie il fallait s'éclater. Seules nos audaces valaient d'être vécues. Quand elle jugeait qu'elle était allée trop loin, elle me faisait signe. La plupart du temps, j'accourais.

— Elle tient toujours des propos de ce genre. Je ne sais pas si je fais bien de vous en informer, mais son accident de voiture, elle l'a provoqué. Une autre de ses histoires d'amour avortées. Ces dernières années, elle a souvent parlé d'un suicide qu'elle finirait par commettre. Seule la pensée de son fils peut la retenir. Vous voulez le voir, son fils ? Il est tout près. Dans une colonie de vacances. Il vous plairait ; vous aimez les enfants ? Annie ne vit que pour lui. Seulement, il y a les hommes. Son dernier fiancé, elle l'a connu un peu grâce à moi. Un garçon bien. Une fois de plus, elle s'est enflammée un peu trop rapidement. Avec elle, c'est toujours la même histoire.

Il conclut en disant qu'il doit rentrer à Marseille, où l'attend un conseil d'administration. Peut-être se retient-il de pleurer. *Prends garde à la douceur des choses.* J'aime de plus en plus Toulet.

Avec une douleur consciente

> [...] *sache que j'ai aimé moi aussi dans ma vie, avec une douleur consciente.*
>
> ANTONIO TABUCCHI,
> *Les Trois Derniers Jours de Fernando Pessoa*

L'amour, ce sont souvent les femmes qui en parlent. Beaucoup d'entre elles souffrent de ne plus le connaître. Certains des hommes avec qui elles ont frayé sont passés à autre chose. D'autres liaisons sont venues ou, pire encore, ils se sont passionnés pour le travail, la reconnaissance publique ou l'acquisition de biens matériels.

Gilbert ne croit pas être différent de la plupart des hommes en ce qui a trait à l'amour. Il a été amoureux fou pendant six mois, neuf peut-être. Il ne dirait certes pas que ce furent les moments les plus heureux de sa vie. Être vraiment épris pour un homme torturé dans son genre signifie vivre dans l'inquiétude. Il avait connu une expérience dévastatrice à trente ans et s'était juré qu'on ne l'y reprendrait plus.

C'était oublier que la vie peut nous surprendre. Il y a deux ans, il a rencontré Sylvaine. Tout de suite, elle l'a emballé. S'apercevant de l'empire qu'elle avait sur lui, elle n'a pas tardé à le mettre en garde. Pas question pour elle d'attachement, encore moins de vie à deux. Elle sortait d'une aventure malheureuse et n'entendait plus se lier. Gilbert a rapidement cru qu'il parviendrait à la faire changer d'idée. Elle acceptait de partir avec lui en week-end, se montrait enjouée, chaleureuse, drôle. Parfois, elle disparaissait pour une semaine ou deux et finissait par lui dire qu'elle avait accompagné un ami à Los Angeles ou à Londres. Se doutant probablement qu'il prendrait ombrage, elle était alors évasive. Plus il devenait amoureux, plus il se croyait des droits sur elle. Il n'était pas rare qu'elle le rappelle à l'ordre. En riant, mais il était évident qu'il l'indisposait par ses réserves, ses silences, ses changements d'humeur.

Sylvaine pouvait à certains moments paraître ne pas tenir tellement à sa liberté, mais elle ne tardait jamais à protester s'il lui semblait qu'il empiétait sur ce qu'elle appelait son jardin secret. Il savait à peu près en quoi consistait ce domaine qu'il n'avait pas le droit d'envahir. Ses coins d'ombre, elle les lui avait tous révélés petit à petit. Elle lui interdisait toutefois de les interpréter à sa guise. Je suis une femme libre, disait-elle, je ne suis à personne. Était-il bien différent ? Il ne le croyait pas. C'était se leurrer puisque tout dans ses agissements tendait vers la possession de la femme aimée. Il n'avait pas tardé à lui apprendre qu'il avait détesté son enfance, que la paternité lui avait toujours semblé une incongruité, qu'il n'était en rien un inconditionnel de la vie, et qu'elle seule détenait la clé de ce qu'il appelait, sans trop y croire, son bonheur.

Amoureux, il le redevenait. De la façon la moins réconfortante. Il avait jadis lu sous la plume d'Elias Canetti que l'amour véritable s'accompagne toujours d'inquiétude. À ce compte, il était profondément amoureux. Inquiet, il l'était d'emblée. Il ne demandait pas à Sylvaine d'avoir l'intensité des sentiments qu'elle lui inspirait. Il détestait son angoisse, mais il ignorait le moyen de la mater. Quand, dans l'intimité des rapports amoureux, elle lui disait qu'il représentait beaucoup pour elle, il en était presque incommodé. Il se retenait à peine de lui dire que, puisqu'elle tenait tant à lui, elle ne mettait pas fin à ce qu'elle appelait ses amourettes. Quand il lui semblait contrarié, elle lui rappelait l'entente des débuts : des câlins, oui, des étreintes, mais aucune des contraintes inhérentes aux couples. À entendre Sylvaine, la fidélité n'était qu'un mot, que les hommes au reste traitaient avec une belle indifférence. Sur ce plan, disait-elle, je suis un homme. Gilbert en convenait sur le coup, mais ne tardait jamais à médire des amis de Sylvaine, tous sans exception. Quand il apprenait l'existence d'une nouvelle connaissance masculine, un copain, comme elle disait, il devenait rapidement inquiet. Puisque Sylvaine n'avait pas renoncé à plaire, qu'au contraire elle paraissait épanouie, elle devenait pour lui cause de tourments. Comment ne pas l'imaginer dans un lit avec Simon ou Bernard, qu'elle voyait ces derniers temps ?

Je connaissais Gilbert depuis toujours. J'étais son confident. Un confident parfois embêté. Il voulait que je le guide. À cette époque de sa vie, il lui arrivait de pleurer en ma présence. Toujours à propos d'une légèreté de Sylvaine dans laquelle il voyait une espèce de trahison. Peut-être n'aurais-je pas dû le mettre en garde si vertement contre l'influence qu'avait sur lui cette femme. Il voulait une exclusivité qu'elle lui refuserait toujours.

C'est Gilbert qui a rompu. Ils étaient partis en balade du côté de Charlevoix, un soir de juillet.

Elle avait tenu à ce qu'ils se servent d'une décapotable que lui avait confiée un autre de ses copains. Elle était en beauté. Encore plus que d'habitude, ce soir-là, m'avait-il dit. Un corps anguleux, des lèvres moqueuses, une tristesse dans le regard, tout en elle le chamboulait. À la suite de propos anodins qu'elle lui avait tenus au sujet du copain qui lui avait prêté l'auto, il avait été visité par une inexplicable fureur. Elle lui avait parlé sur un ton badin de la cour que lui faisait ce vieil ami, qui lui avait même proposé un séjour en Grèce. Gilbert aurait souhaité qu'elle trouve la chose extravagante, voire déplacée. Au contraire, elle cherchait un moyen de se libérer pour au moins deux semaines. Il lui était paru évident que cette femme ne cesserait jamais de le torturer. Il ne partagerait jamais sa conception des rapports humains. Elle affirmait ne plus vouloir s'attacher, il ne cherchait plus que des liens. Avait-il le droit d'être aussi brutal, de lui dire sans ménagement qu'il ne souhaitait plus la revoir ? J'ai dû lui répondre que je n'en savais rien. S'il avait insisté, je lui aurais dit de ne plus s'intéresser à l'amour. Il n'avait pas la force requise. J'en sais quelque chose, je suis moi aussi copain avec Sylvaine, une fille merveilleuse, vraiment.

Lettres à Lou

D'Apollinaire, Léautaud disait qu'il était un enchanteur. Je n'avais jamais lu les lettres qu'il a envoyées à Louise de Coligny-Châtillon, surnommée Lou. Était-il vraiment amoureux de cette jeune femme dont on dirait maintenant qu'elle était libérée ? Lui écrivant, il emploie en tout cas des mots qui ne laissent aucun doute sur la franchise de leurs rapports. *Je palpe ton beau derrière adoré. Je le baise. Je te bois là où ta toison exquise est une dentelle délicate et soyeuse, la blonde, dentelle je crois passée de mode, mais que j'aime. Ma chérie, je te désire à en rugir.*

Pourquoi a-t-il fallu que je lise cette correspondance à un moment de ma vie où je me retrouve seul ? La première fois depuis cinq ans. Au restaurant tout à l'heure, Audrey m'a appris qu'elle croyait être devenue une fois de plus amoureuse. Je connais l'élu. Un garçon plutôt insignifiant. Il serait exceptionnel que je trouverais encore plus à redire. Elle ne se contentera donc plus des liens d'amitié qui nous unissent. J'avais pourtant cru que nous finirions nos vies ensemble. Notre presque couple, chacun habitant des appartements différents dans un immeuble du centre-ville. Mi-quarantaine tous deux, sortis tant bien que mal de liaisons passées.

Audrey m'avait pourtant prévenu. Un jour, elle retomberait amoureuse. Vivre sans attaches ne l'intéressait pas. Plutôt mourir, disait-elle. Je n'avais pas les mêmes attentes. Quand il nous arrivait de faire l'amour, il me semblait que nous atteignions un état de félicité que je n'espérais plus. J'étais alors pleinement reconnaissant envers Audrey. Son corps, je le connaissais à peine, j'apprenais peu à peu à le faire chanter. Étrange expression qu'elle avait créée. Elle disait : « Ce soir, on le fait chanter ? » Parfois, elle ajoutait qu'elle aimait de plus en plus la musique de son corps. Rarement dans ma vie avais-je été plus heureux. Il faut croire que les excès ne sont pas de mon ressort. Aux nuits d'amour qu'on ne cesse de vanter, je préfère les lentes préparations à l'extase. « Je n'ai jamais connu d'homme aussi patient que toi. La plupart de ceux que j'ai connus n'étaient intéressés qu'à leur petite ou grande éjaculation. » Je faisais mon miel de déclarations de cet ordre, oubliant une fois de plus que dans les relations amoureuses tout évolue très vite.

Audrey a une franchise dans le ton que je n'ai pas. Alors que mon amie employait à l'occasion les mots les plus crus pour parler de nos ébats, je ne les évoquais jamais qu'avec une retenue un peu désuète. J'étais un peu outré qu'elle dise : « Tu es venu ? » ou « Aimes-tu le velouté de ma vulve ? » Prude comme il n'est plus permis, je me contentais de jouir de son corps sans employer les mots qui décriraient mon émoi.

Les lettres d'Apollinaire, c'est elle qui m'en a fait cadeau. De lui, je dois bien l'avouer, je ne connaissais à ce moment-là que « Le pont Mirabeau », lu par Reggiani, et ce qu'en dit Léautaud dans son *Journal littéraire.* Encore qu'il me faille bien admettre que pour Léautaud il s'agit là d'une lecture de ma vingtaine, dont il ne me reste que de vagues souvenirs. En me tendant l'édition semi-luxe qu'elle avait dénichée chez un spécialiste d'anciens du quai des Grands-Augustins à Paris, elle m'a lancé : « Voilà un poète qui ose dire qu'un cul est un cul et qu'une chatte est une chatte ! » A-t-elle voulu que je me sente visé ? Je n'y peux rien. Je suis de ceux qui préfèrent les chambres peu éclairées.

Comme pour me narguer, elle m'a lu hier ce

passage : *Lou, encore une fois je veux que tu ne te fasses pas menotte trop souvent. Je vais être jaloux de ton doigt.* Comme si ce n'était pas suffisant, elle a ajouté qu'elle ne voyait pas pourquoi Lou ne pouvait pas, à sa guise, tirer de son corps tout le plaisir qu'il pouvait lui donner. Que m'en semblait-il, à moi, le moraliste si peu libertin ? J'ai dû répondre qu'Apollinaire, éditeur de petits textes tenus pour égrillards à son époque, était comme tous les hommes. Il supportait mal que la femme qu'il désirait follement atteigne des extases sans lui. J'ai poursuivi en disant qu'il aurait été plus tolérant si la belle s'était masturbée en lisant les lettres qu'il lui adressait ou les poèmes qu'elle lui avait inspirés.

Je me demande si je vais conserver ce livre dont la simple vue pourrait me rendre triste. Ces jours-ci, la lecture m'intéresse moins. Le rendre à Audrey serait indélicat. Cette femme m'aura procuré une vision du bonheur dont avaient été avares les liaisons dans lesquelles je m'étais trop maladroitement investi. Au resto, j'ai été pitoyable, je lui ai souhaité tout le bonheur possible. Platement, à la façon que j'aurais eue de lui glisser quelques mots sur le quai d'une gare. Bon voyage, Audrey, bonne route, sois prudente ! Alors qu'elle aurait sûrement préféré entendre : *Je veux que tu sois obéissante en tout, jusqu'à la mort et pour t'y réduire, belle indomptée, ce sont tes grosses fesses veloutées qui s'agitent, s'ouvrent et se ferment voluptueusement quand je suis dessus à les fouetter. Je te les fouetterai jusqu'au sang jusqu'à ce qu'elles semblent un mélange de framboise et de lait.*

Je me donne quelques semaines de répit avant d'envoyer un mot à Audrey. Peut-être en a-t-elle déjà assez de se faire dire qu'elle a un beau cul et que ses seins sont des pigeons au bec rouge ? En quelque sorte, elle aurait besoin de mon silence admiratif. Est-ce trop demander ? Jusqu'à la fin, je cultiverai des illusions, même les plus improbables. Autrement, Audrey en conviendrait aisément, c'est la mort.

Les bienfaits de la promenade

De l'avis de son médecin, Antoine était trop sédentaire. Pas question toutefois à soixante ans passés d'imiter ces coureurs qu'il croise le matin, les jours de congé. Pas plus porté qu'il ne faut sur l'ascèse, Antoine s'est dit qu'il doit quand même bouger un peu s'il ne veut pas mourir comme son père d'un malaise cardiaque. Profitant de sa mise à la retraite, il a vendu sa maison à Notre-Dame-de-Grâce et s'est installé dans un appartement à Westmount. Cette décision, il ne l'a pas prise sans peine. Sa femme lui reprochait avec raison ses tergiversations. Veuf depuis deux ans, il est devenu encore plus hésitant. Il a vraiment fallu que son généraliste lui fasse un peu peur pour qu'il se résolve à entrer dans le siècle, celui de toutes les craintes. Apprendre à marcher sans but précis ne va pas de soi. Surtout si, comme Antoine, on a passé sa vie dans un univers de précision. Tour à tour opérateur puis réalisateur de radio, il n'a eu qu'à imposer et faire respecter des horaires. Le but pouvait souvent paraître anodin, mais il y en avait un. À vingt heures bien précises, pendant des saisons, il a utilisé le même indicatif musical, répété les mêmes gestes pour donner des indications à des collaborateurs qui paraissaient n'attendre que son signal pour pérorer.

Antoine n'a choisi son condo qu'à cause de sa situation géographique. Que lui importe qu'il ne se trouve tout autour aucun commerce. Seul, à vrai dire, comptait le parc où il pourrait se promener, pour peu que le temps le permette. Tient-il tant à la vie depuis que sa compagne s'en est allée, emportée en deux mois par un cancer que rien n'annonçait ? Il l'ignore. Mourir ne l'effraie pas. Ce n'est qu'absurde. Pourquoi la vie ne continuerait-elle pas en lui pendant quelque temps encore ?

S'il s'était écouté, cet après-midi, il se serait contenté de lire ou de regarder la télé. Il s'est pris d'un intérêt soudain pour le foot. On diffusera dans quelques instants un match de l'Euro, l'Allemagne contre l'Italie. Mais non, il bougera. Déjà qu'il a pris deux kilos depuis l'été dernier et que cela l'inquiète. Tout irait mieux si le parc n'était pas si ennuyeux. Que des allées rectilignes, pas de monticules, même pas une mare dans laquelle nageraient des canards. Une fois qu'on est parvenu à un certain âge, qu'est-ce qui ne paraît pas convenu ?

Depuis deux mois qu'il habite un appartement qui lui paraît encore un lieu de passage, il ne rencontre que les mêmes personnes : Gerta, la vieille Juive qui lui offre des bretzels dont il sait qu'ils sont immangeables ; les jumelles Thompson, sept ou huit ans, qui se disputent sans cesse ; un journaliste à la retraite dont il n'a pas retenu le nom et qui croit encore qu'il refera de la télévision. La perspective de les croiser presque à coup sûr ne saurait empêcher Antoine de revêtir un coupe-vent défraîchi que Radio-Canada offrait à la vente, il y a bien vingt ans. Il ne tardera pas à le regretter. Au bout de l'allée qui mène à une statue censée représenter Euterpe, à moins qu'il ne s'agisse d'Érato, il voit que s'approche Lucienne. Son nom de famille, il mettra bien une demi-heure à le retrouver, Aubin, Audette, Alarie ? Il ne saura jamais à qui précisément il s'adresse. Il revoit un corps maigre, des seins très petits qu'elle lui refuse, une voracité qui la fait s'acharner sur son pénis comme s'il était la source inépuisable de son plaisir à elle. Est-il heureux de la retrouver après tant d'années ? Il ne sait pas. Lucienne, qui n'a jamais été même jolie, est devenue nettement affreuse. Le passage des ans, on ne peut que le vérifier, mais pourquoi s'affuble-t-elle de cette jupe bariolée et pourquoi surtout utilise-t-elle ce rouge à lèvres carmin parfaitement ridicule chez une femme de son âge ?

— Vous vous souvenez de moi ? demande-t-elle.

Comment aurait-il pu oublier ce soir de septembre 1984 où ils se sont rencontrés à Calgary ? Elle était alors pigiste, collaborant à différents journaux canadiens. Dès leur première rencontre, elle avait tenté de l'appâter. Antoine n'avait cédé au fond que de guerre lasse, à peu près comme on finit par accepter un amuse-gueule qu'une hôtesse vous propose avec un peu d'insistance. Lucienne avait de la verve. Il ne se souvenait pas d'avoir rencontré une femme aussi drôle. Elle enchaînait les mots d'esprit, semblait le tenir pour irrésistible. Aucun homme n'aurait pu résister. Même pas Antoine, qui n'était vraiment pas doué pour la gaudriole. L'habileté de Lucienne au lit avait rapidement fait merveille. Vingt minutes ne s'étaient pas écoulées qu'elle réclamait qu'il l'enfile de nouveau. Une expression qu'elle avait dû retenir d'un séjour prolongé à Paris dans les années 1970. Antoine avait réussi avec peine à ne pas démériter. Jusqu'alors, il s'était contenté de s'assoupir après un coït. Trente minutes plus tard, elle le guidait une nouvelle fois vers ce qu'elle appelait le centre de la vie. Antoine n'avait pu qu'admettre que rien ne se passerait. Elle s'était mise à rire, puis s'était emparée de son membre, qu'elle avait sucé avec ferveur. Sa tâche accomplie sans déplaisir manifeste, elle avait décrété que « toi et moi, ça n'ira jamais ». Elle parlait de sa performance à lui, sans aucun doute.

Lucienne a maintenant une voix plus calme. Elle a toujours son sourire narquois, ce pli des lèvres qui avait constitué la source même de son charme. On disait alors d'elle qu'elle avait couché avec Camus. Antoine l'avait cru. Beaucoup de femmes avaient couché avec ce Nobel amateur de femmes, pourquoi pas elle ?

— Qu'est-ce que vous faites dans ce coin perdu ?

Antoine ne croit pas que ce parc de Westmount soit un coin perdu. Le loyer qu'on lui réclame pour se nicher tout près lui paraît si exorbitant qu'il est convaincu de vivre dans une sorte de paradis. Lucienne finit par lui apprendre qu'elle est veuve. Elle a épousé sur le tard un industriel autrichien de vingt ans son aîné qui a su mourir avec élégance. C'est du moins l'expression qu'elle utilise.

— Je l'aimais bien, vous savez. Il avait tellement vécu. À côté de lui, j'étais une enfant. Mais vous ne m'avez pas répondu, que faites-vous dans ce parc ?

— La même chose que vous, probablement, je joue à la vie.

— Il y a de pires occupations, vous ne trouvez pas ? Un jour, nous nous apercevrons que cette petite distraction, à vrai dire inoffensive, nous sera interdite.

— Vous souvenez-vous de Calgary ?

— Je me souviens de tout, même de la couleur de l'édredon. J'avais froid, pas vous. Vous aviez une éraflure au bras droit. Je peux vous le dire maintenant, je vous trouvais beau. J'ai souvent regretté de vous avoir brusqué ce soir-là. Vous savez une chose, j'étais envieuse de votre bonheur. Je détestais les couples. J'ai changé d'idée depuis. Les couples, je les aime. Vous accepteriez de vous promener avec moi de temps à autre ? J'habite juste en face.

Quand Lucienne a dû déménager, Antoine a cessé de sortir de chez lui. Selon le concierge, il réussit à peine à se rendre à son balcon, les jours de beau temps.

Un homme de tous les jours

Le dimanche n'est vraiment pas son jour.
C'est un homme de tous les jours.

JOSEP PLA, *Le Cahier gris*

Marc Sylvain, vous connaissez ce nom ? Il y a une vingtaine d'années, personne n'était aussi connu que lui dans le monde québécois du tennis. À la suite d'une élongation qui tardait à guérir, il a décidé d'abandonner le sport. Quelques mois plus tard, il devenait chanteur populaire. On ne voyait que lui à la télévision. Et puis, patatras, il se convertissait en acteur. La chose était prévisible, Marc est un séducteur-né, il est plutôt beau, tout le contraire de moi.

Dans le monde du spectacle, un incontournable. Il fut un temps pourtant où il était tout aussi anonyme que moi. Nous avions tous les deux huit ou neuf ans. Nous étions inséparables.

Plus costaud que lui, je l'avais défendu dans une échauffourée. Dans le quartier de Saint-Henri, en ce temps-là, on se servait volontiers de ses poings. Quand sa mère faisait des heures supplémentaires au grand magasin du centre-ville où elle était gérante, Marc l'attendait chez nous. Nous étudions un peu, jouions beaucoup. Ma mère en était venue à le considérer comme un membre de la famille. Il se comportait déjà en séducteur, embrassant ma mère à tout propos. Puis est venu le tennis. Marc a rapidement pris ses distances. Il n'y avait pas de court, rue Sainte-Émilie. D'ailleurs, depuis quelques mois, sa mère étant en congé de maladie, Marc venait beaucoup moins à la maison. Il n'avait pas fallu plus de six mois pour qu'un joueur de tennis professionnel détecte en lui des talents exceptionnels et l'inscrive tout de go à un club de Westmount.

Marc allait m'échapper. Quand nous nous rencontrions dans la rue, il était toujours aussi jovial, mais je sentais que je ne faisais plus partie de son monde. Dire que j'en ressentais de la peine serait mentir. Il me semblait presque normal que nous évoluions différemment. Sa mère avait une formation que ma mère n'avait pas. Elle jouait Chopin et Schubert au piano, employait à l'occasion des mots que je ne connaissais pas, avait toujours le nez fourré dans des livres, évoquait parfois des noms de peintres ou de sculpteurs. Rien de tout cela chez nous. Maman nous aimait, mon frère et moi. Ce devait être l'essentiel. Chopin et Schubert viendraient bien en temps voulu.

Je me suis tout de suite réjoui des succès de Marc. En ressentir de l'envie ? Pas question. Puisqu'il était évident qu'il avait tous les dons et que je ne les possédais pas, même en germe. Tout au plus m'arrivait-il de raconter, en les amplifiant un peu, de petits faits de mon enfance dans lesquels Marc figurait. Il y tenait toujours le beau rôle. Cette façon détournée de lui rendre hommage me permettait, par la même occasion, d'être intéressant à mon tour. Condamné à n'être, ma vie durant, qu'un petit fonctionnaire et ne le déplorant d'aucune manière, je tirais de l'existence ce qu'elle pouvait m'offrir. Il m'arrivait même de penser que je ne voudrais pas, pour tout l'or du monde, connaître le sort de Marc. Il avait divorcé trois fois, avait eu un accident d'auto dont on avait parlé pendant des mois, avait acheté en Floride un appartement luxueux qu'il avait meublé avec des meubles design achetés, disait-on, à Milan. Trop compliqué pour moi, ce destin. Je ne divorcerai jamais, j'adore mes enfants, ma femme ne semble pas trop s'ennuyer en ma présence.

Je ne vous aurais probablement pas parlé de Marc ce soir s'il ne s'était pas produit un tout petit événement le concernant. Hier, à la télévision, peut-être malgré lui, cédant à la tentation de faire un bon mot – sait-on jamais ce qui peut arriver dans le cours d'un entretien devant public ? –, il s'est comporté en goujat. Oui, croyez-moi, en goujat. L'animateur lui ayant demandé quel genre d'enfance il avait eue, Marc a évoqué sur un ton condescendant un milieu idyllique. Que sa mère ait été une femme étonnamment curieuse d'art, qu'elle ait aimé la musique, je peux en témoigner. Mais pourquoi s'est-il senti obligé de dire qu'à part ce climat familial d'exception, tout dans son enfance n'était que médiocrité ? Médiocres, nos jeux, nos lectures, nos interminables conversations ? Et ma mère, si bonne pour lui, ma mère qui tenait à lui cuisiner ses plats favoris et dont il disait souvent qu'il l'aimait au moins autant que sa propre mère ? J'ai été révolté. Si au moins j'avais la certitude que maman ne verra jamais cette émission. Mais on la repassera encore et encore. C'est la règle maintenant. Maman, qui ne cesse de répéter que Marc a un talent exceptionnel, qu'il est l'égal de Michel Bouquet ou de Jean-Louis Trintignant, qu'il est sensible, qu'il n'a pas la grosse tête. Que puis-je faire pour lui clouer le bec, à ce salaud au sourire si méprisant, à cet énergumène à qui j'ai confié jadis mes secrets les plus intimes, mes rêves, mes espoirs ? Sûrement rien. Je ne serais pas étonné qu'il ait oublié jusqu'à mon prénom. Pour lui, je suis mort. Ma mère n'a jamais existé. Un jour, à la fin de sa vie, peut-être découvrira-t-il qu'il n'aura jamais été aussi heureux que lorsqu'il venait à la maison.

Que penses-tu de moi ?

Des questions indiscrètes, Benoît en a posé beaucoup tout au long d'une vie dans laquelle la conversation à deux a tenu une place importante. Rien ne l'a retenu autant que ces moments d'intimité pendant lesquels une femme paraît dévoiler un secret gardé depuis longtemps. Souvent, il finissait par apprendre qu'un certain nombre de confidents avaient été instruits avant lui de ces informations mal protégées, mais renoncer à ses illusions lui aurait paru renoncer à la vie elle-même.

À deux mois de ses soixante ans, Benoît n'est pas amoureux. Il a beau prétendre qu'il savoure sa liberté, je ne le crois pas. Je sais bien qu'il m'annoncera bientôt qu'il a fait la connaissance d'une perle, une femme qui l'émerveille, d'une beauté à nulle autre pareille. De l'amour, se plaît-il à dire, citant je ne sais quel libertin, il ne prise que les commencements. Mais il les aime vraiment, il donnerait tout pour entrer, par effraction ou non, dans l'intimité d'une femme.

Comme je connais Benoît depuis fort longtemps, je sais tout ou presque de ses liaisons. Elles durent rarement plus d'un an. Chaque fois, il paraît en sortir sans trop de peine. La première fois que je l'ai rencontré, il en tirait même une certaine gloire. Il disait qu'il plaisait aux femmes et qu'il lui suffisait de lever le petit doigt pour qu'elles accourent. Je devais bien admettre que les femmes avec qui il s'affichait étaient fort attirantes, qu'elles étaient de celles à qui je ne pourrais jamais plaire, et qu'elles avaient à peu près toutes une dizaine d'années de moins que lui.

Ma vie ne connaissait pas les mêmes soubresauts. Pour Benoît, je menais une existence trop calme. Il en faisait des gorges chaudes, expression qu'il affectionnait. Je me disais que le sort m'avait doté d'une nature moins exigeante. Il m'arrivait de le regretter, mais jamais très longtemps. Benoît ne se privait pas de me narguer, mais je n'étais pas sûr que certains soirs de désarroi il ne m'enviait pas un peu.

Il arrive toujours un moment où les êtres nous surprennent, même ceux dont on s'imagine tout connaître. Pendant fort longtemps, j'avais été l'ami qui se rappelle à l'autre, trop occupé pour me faire signe. Rien de plus normal, il faisait partie de plusieurs conseils d'administration, avait ses entrées en politique, je n'étais au mieux qu'un romancier dont on parlait de moins en moins et qui, circonstances aggravantes, ne regrettait pas tellement qu'on ne le fasse pas. Il y a au moins trois ans, c'est lui qui s'est mis à me donner rendez-vous au bar de l'Hôtel Gouverneur, Place-Dupuis, à Montréal. Le quartier est nettement sinistre, mais le bar est calme. Benoît s'y sent à l'aise pour écouter un peu et parler beaucoup.

À notre dernière rencontre, jeudi dernier, je me suis rendu compte qu'il vieillissait mal, il est ventru, presque chauve. Un étrange zézaiement lui est venu, que je ne lui connaissais pas.

— Des problèmes de dentition, me dit-il. Certaines nuits, je dors à peine. Toi, tu dors ?

Je lui réponds que je souffre d'insomnie depuis toujours. Encore qu'il ne s'agisse même plus de souffrance, puisque je sais en me mettant au lit que j'ouvrirai un livre vers trois heures. Une routine que j'ai fini par accueillir avec bienveillance.

— Je ne te l'ai jamais dit, mais depuis quatre ou cinq ans, je suis inscrit à des clubs de rencontre. Sans y croire au début. Mais il a bien fallu que j'y croie. Je me fais vieux. Et toujours cette attirance pour les femmes. Une attirance de plus en plus grande. J'aurais dû t'en parler, mais j'avais un peu honte. Ça ne fait pas sérieux, avoir recours à ce moyen. Comme si j'étais incapable de me débrouiller tout seul. Pourtant, j'en suis là, je ne peux plus aller sans aide à la recherche du bonheur. Je ne savais pas si je devais t'en parler. Est-ce que je te fais pitié ?

Naturellement, je dis qu'il n'en est rien. Il n'insiste pas, tellement est grand son désir d'être rassuré. Je sais qu'il ne tardera pas à me parler d'une femme. Je pourrais appréhender ce moment, mais ce serait mal me connaître. Je demeure curieux pour tout ce qui concerne les femmes.

— Qu'est-ce que tu penses de moi? me demande-t-il tout à coup.

Je pourrais lui dire qu'il me fascine depuis toujours, que je l'ai longtemps envié, que j'aurais parfois souhaité avoir son destin. Je commande plutôt deux scotchs.

L’enfant dormait

L’enfant dormait sans colère et sans peur.

JEAN-CLAUDE PIROTTE, *Brouillard*

J’ai toujours fui les miroirs. De même ai-je tout fait pour éviter qu’on me photographie. Tâche aisée, puisque j’ai eu un destin qui ne m’a pas fait obligation d’avoir une vie publique. Il y a quelques semaines, toutefois, ma fille m’ayant rendu grand-père, il a bien fallu que j’accepte d’être immortalisé. Inutile de dire que le mot est trop fort puisque très peu de gens verront la photo en question. J’ai connu une petite gloire autrefois, mais qui se souvient que j’étais vers 1975 analyste sportif ? Ma spécialité : la course à pied. J’aurais préféré m’intéresser à une autre discipline olympique, la nage par exemple, mais il n’y avait aucune ouverture de ce côté-là.

C’est ce que j’essayais d’expliquer à Éléonore,

hier. La petite a sept mois. Elle me regardait, tout sourire, comme si elle souhaitait me dire que les regrets n'étaient pas de mise et que le présent supportait mal qu'on le bouscule. Il fallait l'accepter, histoire de ne pas troubler son avenir à elle, que je souhaitais le plus merveilleux du monde. On aurait juré qu'elle s'apercevait de mon émoi, ce qui semblait l'inciter à s'égayer de la plus belle façon.

Cette merveilleuse enfant me pousse vers ma mort. Comment pourrait-il en être autrement ? Les imbéciles ont toujours prétendu que ce n'est que justice, qu'il est normal que la vie cesse. Je ne les ai jamais crus. Je leur opposerais le sourire souverain de cette enfant, ma petite-fille. Vous tenterez de me persuader qu'il est normal que cette beauté-là soit mortelle ? Vous, si prestes à croire à une explication religieuse de la vie ? Éléonore, je souhaite que tu te joignes à moi pour saluer la beauté du monde. Nous serons ridicules puisqu'il est bien entendu que tout est toujours à recommencer. Je ne serai plus là depuis longtemps lorsque ton corps s'ouvrira pour accueillir une autre vie.

J'entends qu'on s'inquiète tout à côté. Éléonore vient de manifester une impatience. Le grand-père saura-t-il la calmer, lui prouver qu'il est tout de même un peu plus qu'un admirateur séduit ?

Le vélo

À tout moment passent devant ma fenêtre des hordes de cyclistes. Ils semblent tous, à l'observateur maladroit que je suis, parfaitement en accord avec leurs vélos. Surtout ceux qui, de toute évidence, font partie d'un club. Vêtus d'un dossard aux couleurs vives, ils ont cet air déterminé qui convient aux fonceurs, aux créateurs d'empires. Ils donnent l'impression de partir à la découverte d'une terre inconnue. Prêts pour cela à affronter toutes les tempêtes, toutes les embûches. Il y a aussi en milieu de peloton ceux pour qui seul compte le bon état de leurs muscles et qui se contentent de pédaler avec régularité. Il n'est pas sûr qu'ils connaissent même leur point d'arrivée. La tranquille résolution dont ils font montre me semble celle de prosélytes. Je les imagine imbus d'une doctrine. Que leur importe de découvrir une vallée à la beauté insoupçonnée ou un village que la laideur n'a pas encore atteint ? Ils pédalent comme si cela leur assurait une félicité éternelle. Les soucis, ils les laissent à nous, les observateurs.

Comment puis-je m'empêcher de me revoir, à huit ans, perdant l'équilibre à mon premier essai à vélo ? Mes cousins s'étaient tellement moqués que je m'étais juré de ne plus jamais remonter sur une bicyclette. Vraiment, jamais plus. Les promesses non tenues, je les ai accumulées tout au long de ma vie. Comment expliquer que, sur ce point précis, je n'ai pas dévié ?

De mon poste d'observation, dans mon fauteuil roulant, j'observe le spectacle on ne peut plus désolant de jeunes personnes qui semblent me provoquer. Les femmes surtout, qui exhibent leur corps avec tant d'insolence. Je ne les blâme pas, je ferais comme elles si je le pouvais. Il y a bien soixante ans depuis ma chute à vélo. J'ai parfois l'impression que je ne me suis jamais relevé.

Un effroi, un désespoir

Il me vient, devant ces objets inanimés qui cristallisent des souvenirs d'une vie, de plusieurs, un effroi, un désespoir.

PIERRE BERGOUNIOUX,
Carnet de notes, 2011-2015

Mon père avait-il peur de la mort ? Je serais portée à croire que non. Il la trouvait bête, imbécile. Il pouvait entrer dans une colère irraisonnée si on prétendait devant lui que tout chez l'être vivant tend vers sa disparition. Bien avant l'annonce de son cancer, il m'avait demandé si j'accepterais de verser ses cendres dans le Saint-Laurent, à la hauteur de Québec. Devant mon hésitation, il avait obtenu d'un ami qu'il s'en occupe. Est-ce que je souhaitais assister à ce presque rituel ? Je lui avais répondu par la négative. Papa ne supportait pas les cérémonies, quelles qu'elles puissent être.

Pourquoi a-t-il souhaité celle-là ? Quand il avait tenté, sans trop de conviction, de me convaincre, il avait insisté sur l'aspect immatériel de l'opération. Il disparaîtrait vraiment, alors que la mise en terre dans un cercueil aurait été une façon de jouer un peu encore à la vie.

Mon père m'a-t-il aimée ? J'en ai douté à l'adolescence. Ces années-là, il a cru que le mariage ne lui convenait pas. Il a alors vécu quinze mois sans maman. Elle semblait persuadée qu'il reviendrait. J'avais seize ans, j'en étais venue à fuir les garçons, j'estimais que ma mère s'y prenait mal avec son mari. Plutôt que de pleurer comme une idiote, pourquoi ne songeait-elle pas à combattre celle qu'elle appelait, non sans méchanceté, « sa putain » ? Véronique, que j'ai appris à connaître, était tout sauf une prédatrice. Qu'elle ait aimé sincèrement papa ne fait pas l'ombre d'un doute. À côté, maman faisait plutôt pâle figure. Selon moi, elle vivait sans passion. Ce qui n'est pas tout à fait vrai. Qu'est-ce que je sais, moi sa fille, des effets qu'a eus sur elle sa rencontre avec papa ? Le savait-elle elle-même ?

Comment aurais-je pu me débrouiller dans mon travail d'inventaire si mon père n'avait pas entrepris, cinq ou six ans avant son décès, de se défaire de livres devenus pour lui obsolètes ? Il disait qu'à l'approche de la mort tout devenait superflu. Même tes éditions de luxe ? disais-je en le taquinant. Pour me provoquer, assurément, il affirmait que ses livres de poche, ses éditions bon marché étaient à n'en pas douter des atrocités encombrantes dont il n'hésitait pas à se défaire, alors que les plus précieux de ses tirés à part, il les conserverait jusqu'à la fin, même s'ils étaient tout aussi inutiles.

On a compris que j'ai aimé mon père. À sa façon, un fou, un déséquilibré, un exalté. Je n'ai pas voulu que quelqu'un d'autre que moi se charge de faire l'inventaire de ce qu'il a laissé. Je ne suis pas sûre qu'il ait eu le temps d'aller jusqu'au bout de son tri. Il parlait de plus en plus de sa disparition prochaine, mais retardait plus qu'il n'était raisonnable les prises de décision nécessaires. Quand je lui demandais sans trop insister, des nouvelles inquiétantes lui ayant été annoncées au sujet de son cancer, à qui il léguerait les quelques toiles de valeur qui meublaient les murs de son cabinet de travail, il répondait : « Mais à toi, tout est à toi ! »

Je vis dans un tout petit appartement. Que ferais-je des bibliothèques en bois massif dont il était si fier ? Combien de fois ne m'a-t-il pas dit que la vie était une blague pitoyable et que nos sensations les plus profondes disparaissaient aussi rapidement qu'elles étaient venues ? Il s'agissait de les ressentir le plus intensément possible et d'entretenir le souvenir que nous en avions. Quand j'ai été amoureuse, vraiment amoureuse, il a été exemplaire. Il me disait : « Profite de chaque moment, ne perds pas ton temps à te poser des questions, tu auras toute la vie pour le faire ! » Pourtant, il n'aimait pas tellement le pauvre François, à qui il reprochait d'être terne, de manquer de personnalité. Plusieurs années plus tard, lorsqu'on a eu reconnu les talents de peintre de François, il a concédé qu'il avait été trop sévère, tout en ajoutant que je méritais mieux que ce barbouilleur taciturne. Il savait qu'il ne pouvait pas tellement me chagriner puisque nous avions rompu. De mon père, j'ai hérité un goût pour l'éphémère que j'ai poussé jusqu'à l'extrême. Avec le résultat que j'ai souvent été seule.

Cet après-midi-là, je n'avais pas chômé. Une bonne dizaine de sacs-poubelles s'alignaient près de la porte d'entrée. Moyennant pourboire, le concierge se chargerait de les descendre à la cave sans trop se faire prier. Je m'étais convaincue de ne pas céder à la mièvrerie. Il était évident que me défaire de certains articles trop associés à la vie de mon père ne se ferait pas aisément. Encore une fois, je vis dans un trois-pièces déjà encombré. Si au moins mon frère avait montré le moindre intérêt pour certains meubles. Non seulement Yvon n'est pas corvéable, mais il aurait souhaité que nous participions à un vide-grenier. Le passé, il fallait le balayer sans hésiter. Que je ne compte pas sur lui pour la récupération de vieilleries. À son avis, on pouvait aimer quelqu'un sans se sentir obligé de perpétuer son souvenir en accumulant des objets. Voulais-je créer un musée à sa mémoire?

J'en ai voulu à Yvon pendant quelques jours, puis j'ai fini par admettre qu'il n'avait peut-être pas tort. Ce qui ne me portait pas pour autant à restreindre mon désir de conserver au moins cinq caisses d'articles divers, dont une horloge art nouveau que je ne trouvais pas très belle, mais à laquelle mon père tenait particulièrement. Il avait séjourné deux ans à Bruxelles dans sa trentaine et avait longtemps correspondu avec une Liégeoise. Peut-être était-ce un article qui lui rappelait sa jeunesse et une passion? Pour cette raison seule, il valait que je m'y intéresse.

Je suis complètement vannée. Des heures que je m'active, que je soulève des caisses, que je pousse des meubles. J'ai remué beaucoup de poussière, j'éternue. Ces derniers mois, mon père ne supportait plus la présence de son homme de ménage, en l'occurrence un gringalet à la mine patibulaire qui lui avait fait croire qu'il était étudiant, alors que nous savons, Yvon et moi, qu'il était facteur. J'ai décidé de m'accorder une petite halte. Le temps d'une cigarette. Une seule. Si Yvon m'accompagnait, il me tancerait. Pour lui, le tabac est à bannir en toute occasion. Il est absent, j'en profite.

Je n'ai pas prêté attention à une tablette Apple dont mon père a fait l'acquisition il y a un peu plus d'un an. Longtemps hostile à toute intrusion de l'électronique dans sa vie, il n'y a consenti qu'à la suite de sa deuxième attaque cardiaque. Il a bien mis six mois avant de s'en servir. Ai-je le droit de l'utiliser ? Même si je suis rapidement venue à la conclusion que, ce faisant, je me rends coupable d'une indiscrétion, je suis incapable de résister à la tentation de jeter un coup d'œil à quelques-uns des courriels qu'il n'a pas effacés. Au fond de moi, la crainte que ma curiosité ne soit malsaine.

J'ai pleuré, je pleure aisément. Des aveux, mon père n'en a pas laissé. Mais c'est tout comme. Au détour d'une phrase, il m'a semblé entendre sa voix. Tu es cinglée, me dit souvent Yvon. Est-ce ma faute si je tiens à l'entendre, cette voix ? Presque quotidiennement, vers la fin, il écrivait à une femme dont je ne connais pas l'identité. Il lui arrivait d'être touchant. Un jour peut-être, une voix délogera la sienne. Mais je me fais un peu vieille. Mon univers se rétrécit. Ce n'est pas Yvon qui m'aiderait à l'animer. Mon frère vit dans le présent. Il n'en voit pas l'horreur.

Combien de temps encore ?

Parmi les phobies que je n'ai pas réussi à vaincre persiste celle des groupes. À peine suis-je entré dans une assemblée qu'un fort sentiment d'oppression m'étrangle. Je ne me sentirai libéré que parvenu à la sortie. J'ai longtemps tenté de lutter contre cette peur qui me paralyse. J'ai dû renoncer. C'est de là que me vient une réputation imméritée de sauvagerie. Imméritée, car je n'ai jamais cessé d'avoir pour l'humanité les plus tendres attentions. J'ai souscrit à un grand nombre d'idées dites généreuses tout au long de ma vie. Je continue à le faire avec à peine un peu plus de réserve. J'ai lu que Miguel Torga dans un cocktail avait la sensation d'être dans un guêpier. Il n'arrivait pas à parler, à sourire. Je me suis senti moins seul. Un écrivain admiré avait donc connu le même trouble que moi.

On pourrait s'étonner qu'un homme plus très jeune ait des préoccupations de cet ordre. D'autant qu'ayant renoncé depuis bon nombre d'années à me rendre à des lancements ou à des vernissages, je pourrais me sentir à l'abri. Mais à l'abri, l'est-on vraiment ? Vous qui me lisez savez bien que non. Puisqu'il est exclu que je puisse impunément me retirer tout à fait de la société. Je ne le souhaite d'ailleurs pas. Il faut me voir, certains jours, quémander des rendez-vous.

Pendant combien d'années encore vais-je vivre ? Justement, est-ce vivre que de se contenter la plupart du temps d'effleurer la vie ? La question, je me la pose avec de plus en plus d'insistance depuis que j'ai quitté le monde de l'enfance. Encore qu'il ne soit pas sûr que ne subsiste pas en moi beaucoup de cet univers. Comment puis-je courir le risque de me montrer à nu dans des réunions plus ou moins mondaines pendant lesquelles, un verre à la main, on semble penser que le temps ne compte pas ? Depuis peu, je préfère m'installer dans l'idée de ma mort. Combien d'années encore ? Mais, est-ce si important, dites ?

Table des matières

Crédits et remerciements

Les Éditions du Boréal remercient le Conseil des arts du Canada
pour son soutien financier ainsi que le Fonds
du livre du Canada (FLC).
Canadä

Les Éditions du Boréal sont inscrites au Programme d'aide
aux entreprises du livre et de l'édition spécialisée de la SODEC
et bénéficient du programme de crédit d'impôt pour l'édition
de livres du gouvernement du Québec.
Québec

EXTRAIT DU CATALOGUE

Gilles Archambault
À voix basse
Les Choses d'un jour
Combien de temps encore ?
Comme une panthère noire
Courir à sa perte
De l'autre côté du pont
De si douces dérives
Doux dément
Enfances lointaines
La Fleur aux dents
La Fuite immobile
Lorsque le cœur est sombre
Les Maladresses du cœur
Nous étions jeunes encore
L'Obsédante Obèse et autres agressions
L'Ombre légère
Lorsque le cœur est sombre
Parlons de moi
Les Pins parasols
Qui de nous deux ?
Les Rives prochaines
Stupeurs et autres écrits
Le Tendre Matin
Tu ne me dis jamais que je suis belle
La Vie à trois
Le Voyageur distrait
Un après-midi de septembre
Une suprême discrétion
Un homme plein d'enfance
Un promeneur en novembre
Margaret Atwood
Comptes et Légendes
Cibles mouvantes
L'Odyssée de Pénélope
Edem Awumey
Explication de la nuit
Les Pieds sales
Rose déluge
Carl Bergeron
Voir le monde avec un chapeau
Neil Bissoondath
À l'aube de lendemains précaires
Arracher les montagnes
Cartes postales de l'enfer
La Clameur des ténèbres
Tous ces mondes en elle
Un baume pour le cœur
Marie-Claire Blais
Augustino et le chœur de la destruction
Aux Jardins des Acacias
Dans la foudre et la lumière
Le Festin au crépuscule
Le Jeune Homme sans avenir
Mai au bal des prédateurs
Naissance de Rebecca à l'ère des tourments
Noces à midi au-dessus de l'abîme
Soifs
Une saison dans la vie d'Emmanuel
Virginie Blanchette-Doucet
117 Nord
Guillaume Bourque
Jérôme Borromée
Gérard Bouchard
Mistouk
Pikauba
Uashat
Claudine Bourbonnais
Métis Beach
Pierre Breton
Sous le radar
André Carpentier
Dylanne et moi
Extraits de cafés
Gésu Retard
Mendiant de l'infini
Moments de parcs
Ruelles, jours ouvrables
Nicolas Charette
Chambres noires
Jour de chance
Ying Chen
Blessures
Le Champ dans la mer
Espèces
Immobile
Le Mangeur
Querelle d'un squelette avec son double
La rive est loin
Un enfant à ma porte
Gil Courtemanche
Je ne veux pas mourir seul
Le Monde, le lézard et moi
Un dimanche à la piscine à Kigali
Une belle mort
France Daigle
Petites difficultés d'existence
Pour sûr
Un fin passage
Michael Delisle
Le Feu de mon père
Tiroir N° 24
Louise Desjardins
Cœurs braisés
Le Fils du Che

Rapide-Danseur
So long
Christiane Duchesne
L'Homme des silences
L'Île au piano
Mensonges
Mourir par curiosité
Danny Émond
Le Repaire des solitudes
Richard Ford
Canada
Jonathan Franzen
Les Corrections
Freedom
Purity
Katia Gagnon
Histoires d'ogres
La Réparation
Madeleine Gagnon
Depuis toujours
Agnès Gruda
Mourir, mais pas trop
Onze petites trahisons
Joanna Gruda
L'enfant qui savait parler la langue de s chiens
Ghayas Hachem
Play Boys
Louis Hamelin
Autour d'Éva
Betsi Larousse
La Constellation du Lynx
Le Joueur de flûte
Sauvages
Le Soleil des gouffres
Le Voyage en pot
Suzanne Jacob
Amour, que veux-tu faire ?
Les Aventures de Pomme Douly
Fugueuses
Histoires de s'entendre
Parlez-moi d'amour
Un dé en bois de chêne
Wells
Renaud Jean
Rénovation
Retraite
Emmanuel Kattan
Les Lignes de désir
Nous seuls
Le Portrait de la reine
Jack Kerouac
La vie est d'hommage
Thomas King
L'Indien malcommode
Marie Laberge
Adélaïde
Annabelle
La Cérémonie des anges
Florent
Gabrielle
Juillet
Le Poids des ombres
Quelques Adieux
Revenir de loin
Sans rien ni personne
Marie-Sissi Labrèche
Amour et autres violences
Borderline
La Brèche
La Lune dans un HLM
Dany Laferrière
L'Art presque perdu de ne rien faire
Chronique de la dérive douce
L'Énigme du retour
Je suis un écrivain japonais
Pays sans chapeau
Vers le sud
Robert Lalonde
C'est le cœur qui meurt en dernier
Des nouvelles d'amis très chers
Espèces en voie de disparition
Le Fou du père
Iotékha'
Le Monde sur le flanc de la truite
Monsieur Bovary ou mourir au théâtre
Où vont les sizerins flammés en été ?
Le Petit Voleur
Que vais-je devenir jusqu'à ce que je meure ?
Le Seul Instant
Un cœur rouge dans la glace
Un jardin entouré de murailles
Un jour le vieux hangar sera emporté par la débâcle
Le Vacarmeur
Monique LaRue
Copies conformes
De fil en aiguille
La Démarche du crabe
La Gloire de Cassiodore
L'Œil de Marquise
Rachel Leclerc
Le Chien d'ombre
Noces de sable
La Patience des fantômes
Ruelle Océan
Visions volées
André Major
À quoi ça rime ?

L'Esprit vagabond
Histoires de déserteurs
La Vie provisoire
Tristan Malavoy
Le Nid de pierres
Stéfani Meunier
Au bout du chemin
Ce n'est pas une façon de dire adieu
Et je te demanderai la mer
L'Étrangère
On ne rentre jamais à la maison
Hélène Monette
Le Blanc des yeux
Il y a quelqu'un ?
Là où était ici
Où irez-vous armés de chiffres ?
Plaisirs et paysages kitsch
Thérèse pour Joie et Orchestre
Un jardin dans la nuit
Unless
Lisa Moore
Février
Open
Piégé
Alice Munro
Du côté de Castle Rock
Fugitives
Rien que la vie
Josip Novakovich
Infidélités
Poisson d'avril
Trois morts et neuf vies
Michèle Ouimet
La Promesse
Nathalie Petrowski
Il restera toujours le Nebraska
Maman last call
Un été à No Damn Good
Daniel Poliquin
L'Écureuil noir
L'Historien de rien
L'Homme de paille
La Kermesse
Le Vol de l'ange
Monique Proulx
Les Aurores montréales
Ce qu'il reste de moi
Champagne
Le cœur est un muscle involontaire
Homme invisible à la fenêtre
Rober Racine
L'Atlas des films de Giotto
Le Cœur de Mattingly
L'Ombre de la Terre
Les Vautours de Barcelone
Mordecai Richler
L'Apprentissage de Duddy Kravitz
Le Cavalier de Saint-Urbain
Joshua
Solomon Gursky
Yvon Rivard
Le Milieu du jour
Le Siècle de Jeanne
Les Silences du corbeau
Simon Roy
Owen Hopkins, Esquire
Lori Saint-Martin
Les Portes closes
Mauricio Segura
Bouche-à-bouche
Côte-des-Nègres
Eucalyptus
Oscar
Alexandre Soublière
Amanita virosa
Charlotte before Christ
Gaétan Soucy
L'Acquittement
Catoblépas
Music-Hall !
La petite fille qui aimait trop les allumettes
Miriam Toews
Drôle de tendresse
Irma Voth
Jamais je ne t'oublierai
Pauvres petits chagrins
Les Troutman volants
Lise Tremblay
Chemin Saint-Paul
La Sœur de Judith
Guillaume Vigneault
Carnets de naufrage
Chercher le vent
Kathleen Winter
Annabel
Nord infini

MISE EN PAGES ET TYPOGRAPHIE :
LES ÉDITIONS DU BORÉAL

ACHEVÉ D'IMPRIMER EN JANVIER 2017
SUR LES PRESSES DE L'IMPRIMERIE GAUVIN
À GATINEAU (QUÉBEC).